KB248235

중2가
되어가는
중이에요

파란만장한 사춘기 중학생에 대하여

CONTENTS

책을 펴내며

'미래의 별들의 모임'이라는 의미를 담은 경구중학교 책쓰기 동아리 미래별의 새로운 저서 『중2가 되어가는 중이에요』가 출간되었습니다.

금년도 3월 동아리 구성원을 모집하던 때를 돌이켜 보면, '책쓰기'라는 막연한 활동이 학생들에 앞서 교사인 저에게도 새로운 활동이자 미지의 영역이었습니다.

담당 교사인 저 또한 능숙하지 못한 '책쓰기'라는 활동을 '학생들이 즐겁게 참여할 수 있을까'하는 두려움에 한 반, 한 반 학급을 돌며 직접 동아리 구성원을 모집하던 때를 생각하면, 어느덧 능숙하게 자신들의 원고를 돌려 읽으며 의견을 나누는 아이들의 모습이 대견하기만 합니다.

수정 작업이 막바지에 다다르고 에필로그를 작성합니다. 초고를 써 내려가며 머리를 쥐어뜯던 아이들은 한층 성숙한 모습으로 자신들의 후일담을 거침없이 써 내려갑니다. 새로운 시도를 두려워하던 모습과는 달리 한 줄, 한 줄의 글과 말에 자신감이 묻어납니다.

'나의 이름으로 책을 써보고 싶다.'는 생각을 한 번쯤 하면서도 '내가 책을 쓰는 게 가능할까?' 하는 두려움 앞에 막히곤 합니다. 생각하는 바를 말하고 글로 쓰며 타인과 나누고 싶은 표현의 욕구는 자연스러운 것입니다. 하지만, 우리는 '읽고 듣는 것'은 다수 '시험'

을 통해 단련하지만 '말하고 쓰는 것'은 두려운 마음에 미루어 두곤 합니다. 인문학적 소양과 표현 능력을 중요한 것임을 강조하지만, 학교와 학원만을 오가는 중학생의 공감을 얻기에는 어려움이 따릅니다.

이에 완성된 책 한 권을 써나가는 이 과정을 아이들이 세상과 소통할 수 있는 시작으로 만들어 주고 싶었습니다. 자신들의 말로 말하고 쓰며, 읽고 듣는 일에 흥미를 느끼며, 인문학 독서를 통해 생각의 깊이를 키워나가는 기회를 얻기를 바랐습니다.

『중2가 되어가는 중이에요』는 흔히들 '중2병'이라 불리는 질풍노도의 시기 '사춘기'에 대한 이야기입니다. 중학교 2학년에 대한 인식의 재고를 위하여 13명의 학생이 사춘기 청소년들에 대한 솔직하고 다양한 이야기를 들려줍니다.

이 책이 나오기까지 응원해주시고 지원해주신 여러 선생님들께 진심으로 감사드립니다. 학업으로 바쁜 와중에도 틈틈이 시간 내어 열과 성을 다해 따라와 준 미래별 학생들에게도 진심을 담아 깊은 감사를 드립니다.

지도교사 김준성

Prologue

아침에 눈을 뜨면 코끝이 저릿한 냉기가 새 하루가 시작되었음을 알립니다. 긴 여름이 지나고 짧은 가을의 내음을 맞이할 즈음 한 권의 책이 나왔습니다. 철부지 아이들도 수확의 계절에 맞게 생각이 무르익어갑니다. 새로운 학급 새로운 학년에 적응하여 한 학기를 마친 아이들은 능숙하게 자신들의 하루를 그려갑니다.

의도를 하고 모인 것은 아니지만, 책이 좋아 책을 써보고 싶은 마음에 모인 13인의 학생들은 모두 중학교 2학년입니다. 소문대로 잠시도 가만히 있지 못할 왕성한 혈기를 갖고 있습니다. 좋아하는 일에는 지체하는 일이 없고, 싫어하는 일에는 다가섬이 없는 솔직한 아이들입니다. 책이 좋아 모인 아이들이나, 책쓰기가 쉽지는 않았습니다. 아이들을 지도하는 저에게도 책이라는 긴 분량의 글을 써내려간 경험은 생소하였으니, 중학교 2학년 아이들에게는 어쩌면 그 낯설음이 당연한 것일지도 모릅니다.

아이들과 머리를 맞대어 고민을 시작되었습니다. 긴 고민 끝에 우리는 우리의 이야기를 담아보기로 했습니다. 어렵고 전문성 있는 글을 쓰고자 머리를 앓기보다는 우리의 공통점이 무엇일까로 고민의 방향을 바꾸었습니다. '중학교 2학년', 아이들과 저는 중학교 2학년으로 모두 묶여있었습니다. 15세의 중2학년 아이들과 그들의 담임선생님이라는 공통점으로부터 우리의 글은 시작되었습니다.

중학교 2학년, 세간의 인식이 좋지 않은 시절이 아닐까 싶습니다.

"몇 학년 담임이에요?" 묻는 말에

"중학교 2학년이요." 대답하면,

"힘들겠다.", "고생이 많겠다."라는 대답이 들려옵니다. 아이들도 그리고 아이들을 가르치는 저도 힘이 들었다면 힘이 들었을 수도 있겠습니다. 많은 변화가 시작되는 시기니까요. 엄마, 엄마 하며 쫓아다니던 아이들은 듬직한 남자가 되어갈 준비를 합니다. 하나, 둘 말 수를 잃어가고, 듬직한 기운을 갖추어 갑니다. 사내다워진 목소리와 덩치 속에는 여전히 풋내가 어려있지만, 나름대로 어른이 될 준비를 해나갑니다.

부족한 모습과 모난 모습이 많이 드러나는 시기입니다. 그들도 익숙하지 않은 시기일 테니까요. 그래서 우리는 그들의 이야기를 담아보고자 합니다.

중학교 2학년 사춘기의 시작과 그들의 일상, 고민을 들어보며 이 책에 담아봅니다. 이 책을 쓰며, 아이들이 자신들의 삶을 돌아보고 다시금 자신들의 정체성을 확립시켜 나가기를 바랍니다. 또한, 이 책을 통하여 중학교 2학년 아이들의 비밀스러운 일상을 엿보고, 조금은 그들에게 다가갈 수 있기를 바랍니다.

제1부

중2? 사춘기!

사춘기 청소년에 대하여

김연호

안녕 친구들? 나는 너희와 같은 중학생이야, 어른들은 항상 우릴 보며 말하곤 해, "어머 중학교 2학년? 사춘기가 한창이겠네", 사실 우릴 바라보는 사람들의 인식은 그다지 긍정적이진 않을 거야, 하지만 과연 그게 우리의 문제일까? 아니! 나는 우리가 '사춘기'라는 일종의 과도기적 시기에 걸쳐있기에 겪는 여러 변화로 혼란스러운 상태이기 때문이라고 생각해! 그럼 우리 먼저 우리가 겪고 있는 '사춘기'라는 시기는 어떤 것인지 같이 알아볼까?

먼저 사춘기의 사전적의미를 알아보자면 육체적·정신적으로 성인이 되어 가는 시기야. 쉽게 사춘기는 어린이와 어른을 이어주는 징검다리 같은 역할이라고 생각하면 되겠다! 우리는 사춘기를 다른 표현으로 '질풍노도의 시기', '제2의 반항기'라고 말하기도 해. '질풍노도의 시기'라는 말은 사춘기인 청소년은 거친 바람과 화난 파도처럼 굉장히 감정 변덕이 심하고 불안한 시기라는 뜻이야. '제2의 반항기', 이 말은 바로 알겠지? 사춘기 때에는 독립성을 가지고, 자아 정체성을 확립하는 시기이기 때문에 어른들, 특히 부모님의 말에 따르지 않으려고 하지. 모두 지극히 정상적인 현상이야. 그러고 보니 이 단어들에는 심리적인 변화만을 담고 있네? 그만큼 사춘기 때의 심리적 변화가 중요하다는 것을 알 수 있지.

사춘기가 시작되는 시기는 보통 12~20세라고 이야기해. 개인차가 있기는 하지만 보통 여자아이들이 남자아이들보다 약 2~3년쯤 빠르게 나타나지. 사춘기 때에는 어린이가 어른이 되기 위해서 굉장히 많은 변화가 일어나게 돼. 대부분의 변화는 호르몬의 분비가 많아지기 때문이야. 이때 일어나는 변화에는 어떤 것들이 있을까?

첫 번째로 신체적인 변화가 일어나게 되지. 신체적인 변화의 대부분이 '성 호르몬'의 분비 때문에 일어나게 돼. 성호르몬이 많이 분비 되면서 2차 성징이 나타나게 되지. 남성, 여성 공통적으로는 음모가 나고 여드름이 나며 겨드랑이에 털이 나기 시작해. 아마 이 중에서 여드름 때문에 많은 친구들이 골머리를 앓고 있을 것 같아. 나도 요즘은 좀 익숙해져서 덜 하지만, 중1때쯤 여드름이 처음 많이 나기 시작했을 때는 너무나 당황스러웠고 속상했어. 딱히 노력을 안 해도 그렇게 깨끗하던 피부가 여드름 때문에 울긋불긋해지고, 울퉁불퉁해지다니…… 여드름이 한 번씩 갑자기 많이 나기도 하는데 그때는 기분이 울적할 정도로 신경을 안 쓸래야 안 쓸 수가 없는 부분이지.

사춘기 때는 이성에 대한 관심이 높아지면서 외모에 대한 관심도 높아지기 때문에 작은 여드름에도 신경을 쓰게 되는 거지. 친구들도 다 경험하고 있겠지만, 내 경험상으로는 여드름은 손으로 짜지 않는 것이 맞는 것 같아. 왜냐하면 우리 피부를 세게 눌러서 얼굴에 상처가 나게 되면 그것이 흉터가 되고, 또 피부색도 보라색처럼 어두운 색으로 변해 버리거든. 놔두면 어짜피 없어질 여드름이니까, 우리 마음 편하게 먹자고!

이제 남성, 여성에 따른 변화를 알아보자. 여성은 에스트로겐과 같은 여성 호르몬의 분비로 가슴과 엉덩이가 커지고 월경이 시작되지. 이건 내가 경험해본 것은 아니지만 나는 누나가 있는데 누나가 흔히 말하는 생리통으로 굉장히 많이 고생하고 있어. 이럴 때는 안 아픈 사람이 배려해주는 것이 매너겠지?

남성은 테스토스테론과 같은 남성 호르몬의 분비로 얼굴에 수염이 나고, 목소리가 굵어지는 변성기가 오기도 해. 또, 근육이 발달하고 어깨가 벌어지면서 어른으로 변화하게 되지. 나같이 남자 청소년이라면 모두 겪고 있는 변화일거야. 나는 이 중에서 목소리가 굵어지게 되는 변성기가 참 힘들더라고. 나는 노래 부르는 걸 정말 좋아하거든? 근데 변성기가 오면서 노래 부르는 게 혹시나 목이 상할까 봐 겁이 나기도 하고, 고음은 질러줘야 노래 부르는 맛이 나는데 안 올라가잖니? 그리고 일상생활에서 말할 때도 한 번씩 흔히 말하는 삑사리가 나서 당황할 때도 있어. 신체적인 변화는 몸에 급격하게 변화가 찾아오기 때문에 여러분들이 혼란스러울 수도 있는데, 정상적인 변화이므로 걱정하지도, 당황하지도 않아도 돼.

두 번째는 심리적인 변화가 일어나게 되지. 처음에 말했듯이 사춘기 때의 심리적 변화는 굉장히 중요해. 사춘기 때는 먼저 자주성, 독립성이 발달하면서 대부분의 친구들이 부모님과의 마찰이 증가하고, 부모님과 관계가 안 좋아지기도 해. 일기장이나 노트북 같은 터치 금지 물품이 생기기도 하고, 자신의 주장을 꺾지 않는 고집이 세지기도 하잖아. 그래서 우리는 탈출구로 친구를 찾아. 사춘기 때는 친구들에게 많은 영향을 받기 때문에 어떤 친구를 만나느냐에 따라서 사춘기가 인생에 도움이 되는 시간일 수도, 도움 되지 않는 시간이 될 수도 있어. 그래서 사춘기 때에는 괜찮은 친구를 사귀도록 신경 써야 해. 그리고 친구들이 유행하는 옷을 너도나도 입으면 나도 하나 사고 싶고, 친구들 사이에서 유행하는 말을 뜻을 몰라도 따라 하고. 그래야 친구들과 더 어울리는 것 같지? 이렇게 친구들을 따라가려 하는 것을 동조성, 순응성이라고 얘기하고 가는 거야. 또래들 사이에서 동조성은 사춘기 때 더더욱 심해지는데, 이것이 부모님과의 마찰로 이어지기도 하고, 괜찮은 친구를 사귀어야 하는 이유가 되기도 하지.

또, 감정의 변덕이 심해져. 나는 이건 확실히 느끼는 것 같은데,

친구들은 어때? 나는 내가 친구들과 얘기를 좀 안 한 것 같은 날은 집에 올 때 기분이 진짜 별로거든. 근데 집에 와서 씻고 노래 부르다 보면 금세 괜찮아 진다니까? 그러다가 또 부모님께 한 소리 들으면 언제 웃었냐는 듯이 인상을 구기고 있고. 나도 신기해. 그래서 나는 흔히 말하는 마인드 컨트롤을 할 필요성을 느끼고 실천하고 있어. 여러분들도 마인드 컨트롤하기를 추천해. 이때 말하는 마인드 컨트롤은 '감정이 격해져도 이성의 끈을 붙잡아 놓는 것'이야.

효과적으로 마인드 컨트롤을 할 수 있는 방법에는 명상, 심호흡하기 등이 있어. 나는 어떤 일로 화가 나거나 이유 없이 화가 나는 날이라면 그 울분이 터져 나오기 전에 눈을 감고 심호흡을 하고는 해. 그러면 내 마음속 생각들이 정리되면서 침착해질 수 있어. 마인드 컨트롤을 하지 않고 감정 변화에 이끌려 곧이곧대로 감정을 표현한다면 주변 사람들이 힘들뿐더러, 화를 내는 나도 에너지 소모가 많아서 힘들고 기분이 좋지 않겠지. 그런데 마인드 컨트롤을 할 수 있으면 감정에 소모하는 에너지가 줄어드는 느낌이 들어.

다음은 성적 욕구에 대한 이야기를 해보자. 성 욕구는 우리 나이 때에는 자연스러운 현상이야. 하지만 바람직하게 해소해야 한다는 거! 사실 여러분들도 다 알고 있기는 하잖아, 맞지? 교과서에는 학생으로서 학업에 집중하여 성취감을 얻으라고 되어 있는데, 가장 바람직해 보이기는 하지만, 솔직히 현실성은 없을 거야. 그래서 나는 운동이나 예술 활동 같은 자신이 좋아하는 취미를 하는 게 가장 좋지 않을까 하는 생각이 들어. 나는 운동으로는 축구, 농구를 하고 산책도 자주 하러 다녀. 그리고 취미로 노래 듣기, 노래 부르기, 바람 맞기 등이 있어. 확실하고 가장 중요한 건 자기 통제력을 가져야 한다는 거야. 여기서 자기 통제력이란 성욕이 자신의 일상생활에 영향을 주지 않도록 통제한다는 거야. 여러분들이 현명하게 해소할 거라 믿어!

이제 마지막으로 사춘기, 청소년기에서 가장 중요한 변화이자 현상이지. '나는 누구인가?'부터 시작해서 '나는 어떻게 살 것인가', '나는 어디에서 와서 어디로 흘러가는가' 등 소크라테스가 말했을 법한 철학적인 질문들을 나 자신에게 던지기 시작해. 나는 그 질문들에 답을 찾아가며 '자아정체성'을 확립할 수 있는 거지. 자아정체성의 사전적 정의란 '자신이 어떤 사람인지 알고 자신이 다른 사람과 구별되는 다른 존재라는 것을 인식하는 것'이야. 쉽게 말해서 나를 알아가면서 내 인생의 방향성을 잡아가는 거지. 자아 정체성이 중요한 이유는 사춘기 때에 확립되는 자아정체성이 성인이 되어서도 영향을 받고, 행복과 직결되기 때문이야. 우리가 잘 확립하면 행복할 수 있다는 이야기지.

나를 소개하자면 나는 솔직히 내 주위의 아이들과는 성향이 많이 다른 것 같아. 나는 공부를 해야 된다고 생각하고, 내가 하고 싶어서 열심히 하고, 나는 내가 하고 싶은 직업을 거의 정했고, 내가 미래를 위해 무엇을 해야 할지 알고 상식 수준을 뛰어넘는 장난을 잘 치진 않고, 학문적인 이야기를 하는 걸 좋아하는 등 아마 대부분의 아이들이 고리타분하다고 생각할만한 것들을 좋아하거든. 그 대신 난 자극적인 사람이 아니라 부드러운 사람, 열정적인 사람이 되었어. 나는 내 자아정체성을 찾아 나가며 '상식적인 사람이 되자'를 큰 목표로 잡고 생활하였어. 결과적으로 나는 내가 싫지 않고 오히려 자랑스러워. 누군가는 하기 싫어하는 공부를 조금이나마 기쁘게 하고 있거든. 그리고 나는 원래 다른 사람들이랑 다르길 원하는 성향이 강해서 남들과 다른 내가 좋아. 여러분들도 자신의 가치관에 따라 자신이 되고 싶은 인간상을 목표로 정하고 생활하면 큰 도움이 될거야. 우리 모두 멋지고 올바른 자아 정체성을 확립하여 행복한 삶을 살도록 하자!

오늘은 사춘기 때의 특징, 변화를 신체적인 것과 심리적인 것 이렇게 두 가지로 나누어 살펴보았어. 재밌게 읽었으면 좋겠고, 여러분들의 사춘기에 도움이 되고 유익했으면 좋겠다! 우리 모두 사춘기를 잘 거쳐서 멋진 성인이 되어 만나자!

②

중2는 뭐하고 놀아요?

사춘기 청소년 취미생활

김성윤, 김도윤, 김상진

영화 감상   김성윤

첫 번째 추천하는 청소년기의 취미는 영화이다. 어릴 적부터 선호하던 취미는 아니었다. 중학생이 되고 어린 시절에 비해서는 생각이 조금은 자란 것인지, 많은 영화들의 내용과 상징이 이해되기 시작했고, 영화라는 취미에 대한 선호도가 높아졌다.

내가 영화를 보는 이유에는 휴식, 재미 두 가지가 있다. 가끔 학업에 지쳐 힘들 때면, 머릿속이 복잡해지며 도통 잠이 오지 않는다. 그럴 땐 영화를 본다. 2시간 이상의 집중을 부르는 영화 시청은, 영화를 보는 동안 힘든 일을 잠시간 잊어버릴 수 있도록 해준다. 영화를 다 보고나면, 집중의 여파로 피로가 몰려오며, 아무것도 생각이

나지안고 잘 수 있게 된다.

영화를 시청 할 때에는 가장 중요한 것이 있다. 그건 바로 장르 정하기다. 영화 장르란 유사성을 띤 일화의 줄거리, 등장인물, 세트, 사운드, 주제, 화면 구성, 편집, 분위기 등에 따라 영화들을 분류한 것을 말한다. 멜로, 코미디, 로맨틱 코미디, 액션, 서부극, 갱스터, 느와르, 스릴러, 미스터리, 모험, 공포, 전쟁, 탐정, 공상 과학, 판타지 등 다양한 장르가 있다. 장르는 영화 분류의 특정한 형식이자 관습이다. 다양한 장르 중 사실 사춘기의 청소년인 우리가 볼 수 있는 영화의 장르는 비교적 제한적이다. 15세 미만 청소년 시청 금지의 영화들이 다수 포진되어있는 장르들이 존재하기 때문이다. 영화 장르는 속성과 기준에 따라 분류되고, 영화와 관객의 관습적 상호작용에 대한 약속으로 유지된다. 영화 장르는 고정된 것이 아니다. 시대의 흐름과 사회의 변화, 관객의 취향에 따라 끊임없이 재생산되는 것이다.

이 수많은 장르들 중에서 나는 개인적으로 SF영화 즉 공상과학 영화를 말한다.

SF영화의 개념과 의미에 대해 짚고 가도록 하겠다. SF영화 (science fiction film)는 과학기술적 소재와 공상적 이야기를 통해 인류의 미래상을 그려내는 장르다. SF영화를 규정하는 장르 문법으로 크게 세 가지를 언급할 수 있다. 첫째, 아직 존재하지 않거나 혹은 영원히 오지 않을 것 같은 미래에 대한 이야기다. 둘째는 우주로 확대된 공간, 셋째는 호의적이든 적대적이든 간에 지구를 방문하는 외계 생명체나 특수한 목적으로 우주에 진출하는 지구인이 등장한다. 여기서 미래는 현재와 과거 그리고 그 사이 개념까지 아우르는 초현실적인 시간이며, 공간은 지구가 속한 태양계는 물론 은하계마저 초월하는 상상적 개념이다. 캐릭터는 인간의 형상을 닮은 외계 생물이나 기괴한(uncanny) 인상을 주는 사이보그(cyborg) 등으로 제시된다. SF영화는 이 세 가지 장르 문법 중에서 하나 이상을 반드시 제시한다. 현대의 SF영화는 미래라는 무한한 원천을 바탕으로 전통적 장르 요소를 계승하며 꾸준히 발전하고 있다.

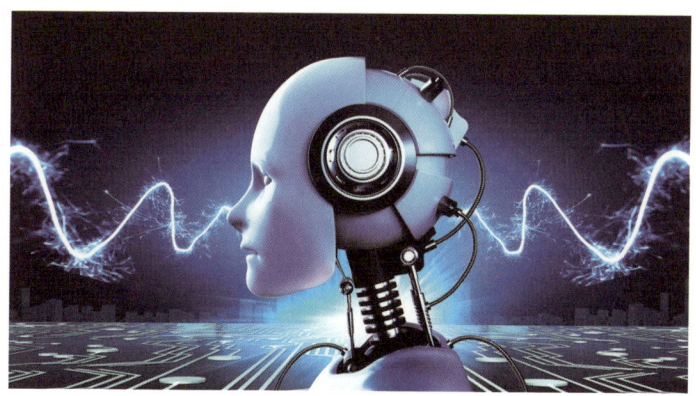

영화 예시를 들어보자면 〈제5원소(The Fifth Element)〉, 〈터미네이터(The Terminator)〉(1984), 〈백 투 더 퓨처(Back to the Future)〉(1985), 〈인터스텔라(Interstellar)〉(2014), 〈Jurassic Park〉(1990) 등등이 있다. 나는 이 예시들 중에서 개인적으로 인터스텔

라, 쥬라기 공원을 즐겨보고 좋아한다.

또 한가지 영화를 시청할 때 반드시 할아두어야 할 것이 있다. 개인적으로 집에서 영화를 시청할 경우에는 주의할 필요가 없지만, 신작 영화를 시청하기 위해 영화관에 가게 된다면 반드시 지켜야 할 영화관 예절이다.

첫 번째, 앞 좌석 피해 주의, 좌석에 앉을 때 자신이 편하고 싶어서 다리를 쭉 펴서 앞 좌석에 있는 사람의 머리에 자신의 발이 대인다거나 영화에 집중하고 싶은데 뒤에서 툭툭 치면 집중이 되지 않고 되려 집중을 하기 싫을 겄이다.

두 번째, 소음 및 스포일러, 집중을 하고있을 때 주변에서 시끄럽게 떠들거나 이 영화에 대해서 주변에서 스포일러를 한다면, 그것은 정말 두려운 일일 것이다.

이렇게 첫 번째, 청소년의 취미 영화에 대해서 알아보았다.

마음이 심란하고 힘들 때, 복잡한 가슴으로 들어오지 않는 과학 공부를 하기보다는, 새로운 공상과학 영화를 통해 과학에 대한 흥미를 키우며 재충전의 시간을 가져보는건 어떨까? 단 영화관 예절은 반드시 지키며 말이다.

축구   김도윤

최근 코로나19의 여파로 많은 사람들이 가정 내에서 여가를 즐기곤 한다. 이는 우리 사춘기 청소년들도 예외는 아니다. 하지만, 코로나19라는 역병의 창궐 이 전 우리는 운동장에서 뛰놀며 운동하는 것을 좋아했다. 수많이 운동이 있겠지만, 나는 내가 가장 좋아하는 운동이며, 많은 청소년들의 사랑을 받고 있는 운동인 축구에 대해 설명해보려 한다.

축구란(football,) 11명의 선수들이 각각 한 팀을 이루어 두 팀이 겨루는 구기 단체스포츠로, 세계적으로 인기를 누리는 스포츠이다. 경기장은 직사각형이며, 바닥은 천연잔디나 인조 잔디, 흙 등으로 이뤄져 있다. 경기장 양 끝에 놓인 상대방 골대 안으로 공을 통과시키면 득점이 된다.

축구는 기본적으로 발로 공을 컨트롤 하는 운동으로, 경기장 내의 선수 중 골키퍼만 팔과 손으로도 공을 건드릴 수 있다. 그러나, 골키퍼 역시 팔과 손을 사용할 수 있는 구역이 제한되어 있다. 나머지 선수는 팔과 손을 제외한 신체 부위로만 공을 다룰 수 있다. 골키퍼 외의 선수가 경기장 안에서 팔이나 손으로 공을 고의로 다루면 핸드볼 반칙이 된다. 공이 공중에 떠 있을 때에는 몸통과 머리를 이용하는 것이 보통이다. 경기 종료 시점까지 더 많은 득점을 올린 팀이 승리하며, 동점일 때는 대회 규칙에 따라 무승부로 처리하거나 연장전과 승부차기로 승패를 결정 짓는다.

경기 방식이 리그제일 경우에는 연장전 없이 무승부로 처리가 되며 토너먼트일 경도 홈&어웨이(Home&Away) 방식을 채택할 경우에는 무승부로 처리되어 원정 다득점 원칙을 따르지만, 단판의 토너먼트일 때는 무승부가 되면 연장전과 승부차기로 승패를 결정하게 된다. 축구에는 이 외에도 많은 규칙들이 있다. 그럼에도 축구라는 운동은 다른 스포츠에 비하면, 규정 외의 반칙이 굉장히 적은 편이고, 손을 쓰는 경우를 제외하고는 반칙이 불릴 일이 매우 적은 편이다. 덕분에 규칙에 대한 이해가 쉬워 누구나 배울 수 있으며, 규정된 시간 내에서의 경기가 매우 속도감이 높아 시청에 있어서도 짜릿한 긴장감을 불러온다. 실제로 프로나 국가대표팀 경기를 시청할 때도 오프사이드를 제외하고는 손쓰면 반칙이라는 수준만 알아도 경기를 보는데 거의 문제가 없다.

선수들을 제외한 감독, 코치진들은 경기에서 이기기 위하여 전술을 짜게 된다. 축구에서, 각 팀 열한 명의 선수들은 경기 시에 특별한 위치에서 경기를 하게 되는데, 이를 포메이션이라 부르고 개별 선수의 역할을 가리킨다.

한 팀은 골키퍼 한 명과 열 명의 필드 선수로 구성된다. 필드 선수 열 명은 다시 크게 수비수, 미드필더, 공격수로 나뉜다.

각각의 포지션도 전술적인 역할에 따라 다시 여러 종류로 나뉠 수 있으며, 선수들에게 각기 다른 역할을 요구하게 된다.

첫 번째로, 골키퍼는 축구의 특수 포지션이다. 골키퍼는 주로 상대편의 득점을 직접적으로 막는 수비적 플레이를 하게 된다. 선수들 중 유일하게 손으로 공을 건드릴 수 있으며, 이 권한은 페널티 에어리어 안으로 제한된다.

두 번째로, 수비수는 상대측 골대와 가장 멀리 위치한 골키퍼를 제외하고는 가장 후방에 배치되어 미드필더 의 뒤에서 플레이하며 골키퍼를 보조하고, 상대 선수가 골을 넣는 것을 막는 역할을 맡는다. 수비수들은 보통 중앙선 뒤에 남아있는데, 이는 상대 선수의 득점을 용이하게 저지하기 위함이다.

수비수는 또다시 중앙을 지키는 센터백과 좌, 우측 후방에서 보다 공격적으로 플레이하는 풀백으로 구분된다. 풀백은 경기장 측면에서 활동하는 수비수이며, 주로 상대편 선수의 크로스나 돌파를 저지하는 역할을 맡는다.

여러 전술에서 풀백은 상대편의 특정 선수(윙어)를 마크하게 된다.

풀백은 또한 공격에 있어서도 윙어에게 공격 루트를 제공하거나 기회를 보아 직접 크로스를 올리는 등 공격적인 플레이를 하는 경우도 많다.

　세 번째는, 미드필더는 주로 공격수와 수비수 사이에서 뛰는 포지션이다. 미드필더들은 볼의 점유와 탈환, 공격과 수비의 연결 등을 맡는다. 대부분의 감독은 주로 한 명 이상의 유능한 중앙 미드필더를 두어 상대편의 공격을 방해함과 동시에 공격을 주도하게 하는 등, 공수에 걸쳐 균등한 임무를 맡긴다. 미드필더들은 여러 위치에서 플레이할 수 있어야 하는데, 이는 경기 중 수비수와 함께 수비를, 공격수와 함께 공격을 해야 하기 때문이다.

　또한 미드필더 중에는 좌·우측 날개에 위치하여 상대방의 후방을 침투하는 역할을 담당하는 윙어라는 포지션이 있으며, 윙어는 포메이션과 맡은 역할에 따라서, 미드필더가 아닌 공격수를 의미하기도 한다. 윙어는 드리블로 상대편의 풀백의 수비를 피해 컷-백이나 크로스를 올리는 것이 윙어의 역할이다. 때문에 윙어는 드리블, 스피드, 개인기, 크로스, 패스, 킥력이 뛰어나다. 보통 팀에서 가장 움직임이 빠르고 드리블링 기술이 뛰어난 선수들이 윙어를 맡는다.

때문에 세계적으로 이름을 떨치는 축구 선수들 중에서는 이 윙어의 포지션에서 임무를 수행하는 선수들이 많은 편이다. 아래 사진의 메시와 우리 대한민국의 자랑 손흥민 선수 또한 양쪽 날개에 위치하여 상대 수비진을 흔드는 윙어 포지션에 속한다.

마지막으로, 공격수, 스트라이커라고도 불리는 이 포지션은 상대편 골대에 가장 가까이 위치하는 포지션의 선수를 말한다.

영어에서 어태커(attacker)라는 표현은 스트라이커나 포워드를 지칭하기도 하지만, 현재는 포지션을 막론하고 볼을 가지고 있는 선수를 이르는 표현으로 사용되는 경우가 많다. (한국어 에서의 '공격수' 또한 수비하는 자 입장에서는 어떤 포지션의 선수든 막연히 '공격수'라 지칭하기도 한다) 공격수의 가장 기본적인 임무는 득점을 올리는 것이다.

축구는 선수만 하는 스포츠가 아닌 감독, 코치들의 전술로부터 시작되는 스포츠이다. 축구에서, 감독은 팀의 계획을 짜고, 이에 관해 여러 문제를 조절하는 역할을 한다. 여러 축구 코치들의 도움을 받는다. 세상의 그 어떤 스포츠도 따라올 수 없는 축구의 최대 편의성은 경기가 성립할 수 있는 요건이 가장 느슨하다는 것이다

공을 제외한 그 어떤 장비도 필요 없는 맨몸 스포츠이며, 이것만으로도 대다수의 종목을 압도한다. 라켓, 배트, 글러브 등 그 어떤 장비도 필요하지 않으며, 심지어 골대도 따로 구비할 필요가 없다. 골대가 없으면 그냥 맨땅에 선 긋고 골대 삼으면 된다.

축구라는 운동이 청소년들에게 많은 사랑을 받을 수 있는 편의
성이다. 프로리그, 국제 대회의 경우는 규정된 축구장에서 정해진
인원으로 경기가 치러지곤 하지만, 우리 청소년들이 즐기는 축구의
경우 이 제약이 거의 없다. 아스팔트바닥부터 울퉁불퉁한 흙 운동
장, 잔디밭 등 어떤 지역에서도 축구공이 있다면 우리는 축구를 즐
길 수 있다. 인원구성에 대해서도 매우 자유롭다. 인원이 짝수로 떨
어지지 않거나, 22명을 초과해도 괜찮다. 함께 있는 친구들 모두가
참여할 수 있는 운동이라는 점에서 축구는 공동체 의식을 키우기
에도 좋은 운동이라 할 수 있다. 이같은 편의성 덕분에 경제적 여유
가 없는 지역이나 나라에서도 공을 만들어 축구를 하는 광경을 볼
수 있으며, 대한민국의 학교에서도 쉬는 시간과 점심 시간 운동장
에서 가장 자주 볼 수 있다.

신체적 건강과 동료애를 키울 수 있는 운동 축구, 하루 빨리 코로
나19의 기세가 줄어 친구들과 마음껏 나가 축구할 수 있는 날이 오
길 바라며, 두 번째 취미인 축구에 대한 소개를 마치고자 한다.

League of legends(리그 오브 레전드)   김상진

 집 밖으로 나가기 힘든 요즘 청소년들의 가장 큰 관심사는 아마도 게임일 것이다. 코로나로 인해 집에 있는 시간이 많아져서 모바일, PC 등의 매체를 통한 게임활동은 보다 활발해 졌다. 많은 게임 중 최근 세계적으로 가장 많은 인기를 누리고 있는 게임은 '리그 오브 레전드'이다. 일명 '롤'이라고 불리는 이 게임은 주변의 친구들에게만 물어보아도 10명 중에 8명 정도는 플레이 할 정도의 유명세를 띄고 있다. 그래서, 오늘은 나도, 그리고 여러 친구들도 즐기고 있는 게임, 리그 오브 레전드 라는 게임을 소개하려 한다.

 2008년 10월 7일 《리그 오브 레전드:운영의 충돌》 이란 이름으로 처음에 발표되었으며 2009년 4월 10일에 클로즈 베타를 시작하였으며 2009년 10월 22일에 오픈 베타를 거쳐 북아메리카에서는 2009년 10월 27일부터 정식 서비스를 시작 하였고, 대한민국 에서는 2011년 12월 4일부터 서비스를 시작했다. AOS는 최초의 MOBA 장르게임인 스타크래프트의 유즈 맵 Aeon Of Strife에서 창안하여 유래되었다.

 끝없이 이어지는 실시간 전투와 협동을 통한 팀플레이, RTS와 RPG를 하나의 게임에서 동시에 즐길 수 있는 새로운 장르의 온라인 게임이다. 두 팀은 각기 독특한 특성과 플레이스타일을 자랑하는 강력한 챔피언을 소환하여, 다양한 모드의 전장에서 정면 대결

을 펼친다. 신규 캐릭터(챔피
언)가 끊임없이 추가되며, 지
속적인 업데이트가 이루어지
고, 흥미진진한 e스포츠 대회
의 중심이기도 한 게임이다.

롤에는 5가지 라인(Lane)
이 있으며, 이는 탑, 미드, 정
글, 원거리 딜러, 서포터로 구분된다.

첫째, 탑은 맵에서 가장 높은 상단을 담당한다. 일반적으로는 일
방적인 딜링보다는 팀이 이길 수 있는 초석을 깔아주는 역할을 많
이 한다. 탑에 적합한 것은, 공격력도 강하면서 체력과 방어력이 높
은 챔피언, 혹은 많이 죽더라도 충분히 극복하고 도움이 될 수 있
는 챔피언이 많이 기용된다. 좋은 챔피언은 오공, 세트, 아트록스를
추천한다. 하지만 이 챔프 모두 안전하게 잘 성장했을 때 강한 힘을
발휘할 수 있는 캐릭터라 생존을 주의하며 플레이 하는 것이 중요
하다.

둘째, 정글은 바론, 드래곤 같은 오브젝트를 챙기며, 맵 전체에
포진된 다른 라인에 개입하여 상대방 라이너의 성장을 방해하는
핵심라인이다. 때문에, 맵 전반에 걸친 이해와, 상대방 정글러의 움
직임을 예측 할 수 있는 두뇌가 필요한 포지션으로, 초보에게는 추
천하지 않는 라인이다. 이 라인은 못하는 사람이 한다면 그대로 게

임의 향방이 크게 좌우될 수 있기 때문에, 롤에 대한 경험치를 어느 정도 쌓은 후에 시도하시기를 바란다. 정글에서 주로 기용되는 챔피언으로는 리 신, 엘리스, 샤코 등이 있으며, 비교적 플레이가 쉬운 캐릭터로는 세주아니, 자크 등이 있다.

미드는 맵의 정 중앙의 공격로를 담당하는 라인이다. 미드라이너는 맵의 중간에 위치하여 탑과 바텀의 라인에 영향력을 미치는 존재이기 때문에, 상대 미드라이너와의 힘싸움에서 밀리기 시작하면, 그 손해가 팀적으로 그케 영향을 미치는 라인이어서 생존이 중요한 라인이다. 또한 상대 라이너에 비해서 합류가 늦어도 마찬가지이다.

즉 라인클리어가 빠르고, 군중제어기(CC기)가 있으며 합류가 빠른 챔피언이 적합하다. 챔피언을 추천 하자면 탈론, 카타리나, 제드를 추천하고, 초보 기준으로 가렌, 갈리오를 추천한다.

세 번째, 원거리 딜러는 후반의 캐리력을 보장하는 라인이다. 방어력과 체력이 약하지만 기본 공격과, 스킬 한 방, 한 방이 위협적인 캐릭터로, 게임 후반 상대팀과의 싸움에서 팀의 주력 딜러로 활약한다. 때문에, 원활한 성장이 필요한 라인이며, 그런 이유로 원거리 딜러를 지키는 '서포터'와 함께 바텀 라인에 위치한다.

원거리 딜러는 KDA(킬/데스/어시스트)와 CS(성장 경험치)의 관리가 중요하고 미드라인과 마찬가지로 생존이 중요한 라인이다. 때문에 초보유저들에게는 조금 어려울 수도 있는 라인이다. 추천하는 챔피언은 미스포츈, 애쉬, 징크스, 이즈리얼, 사미라 등이 있다.

마지막으로, 서포터는 바텀라인에서 원거리 딜러의 성장을 돕고 시야를 잡는 등 교전을 도와주는 역할을 수행한다. 가장 많은 입문자들이 하기 쉬운 포지션이다. 상대팀의 공격을 막아주고 군중제어기로 적을 잡아서 교전을 승리하게 하는 역할이다. 챔피언 추천은 레오나, 쓰레쉬, 세나를 추천하고, 초보이시다면 유미를 적극 추천한다.

개인적인 입문 순서는 '서포터 – 탑 – 미드 – 원거리 딜러 – 정글'의 순서이다.

리그 오브 레전드에 쓰이는 전장은 소환사의 협곡, 칼바람 나락 등이 있으며 이외에 특별 게임 모드로 따로 제작된 전장도 추가 되어있다. 리그 오브 레전드에는 암살자, 전사, 마법사, 원거리, 서포터, 탱커의 역할군을 가진 현재 155개의 '챔피언'이라는 호칭의 등장인물이 있다. 챔피언들은 녹서스, 데마시아, 아이오니아, 자운, 밴들 시티, 프렐요드, 공허, 그림자 군도 등 각자의 소속이 있으면 방대한 스토리로 서로 연관되어 있다.

롤에서 게임 실력의 지표는 '티어'라는 개념으로 구분된다. 아래 사진의 왼쪽부터 아이언, 브론즈, 실버, 골드, 플레티넘, 다이아, 마스터, 그랜드마스터, 챌린저로 나뉜다.

또한 동일한 캐릭터라도 '룬'이라는 챔피언에게 버프의 선택에 따라 사용이 상이해 질 수 있다는 것 또한 특징이다. 게임 시작 전에 바꾸거나 설정 할 수 있고, 대체로 패시브를 하나 더 달아주는 듯한 효과를 가지며 소환사 주문, 아이템과 관련된 룬도 몇 개 있다. 그리고 룬은 챔피언들의 특성을 고려하고, 챔피언들의 상성을 고려해서 룬을 선택하는 것이 좋다.

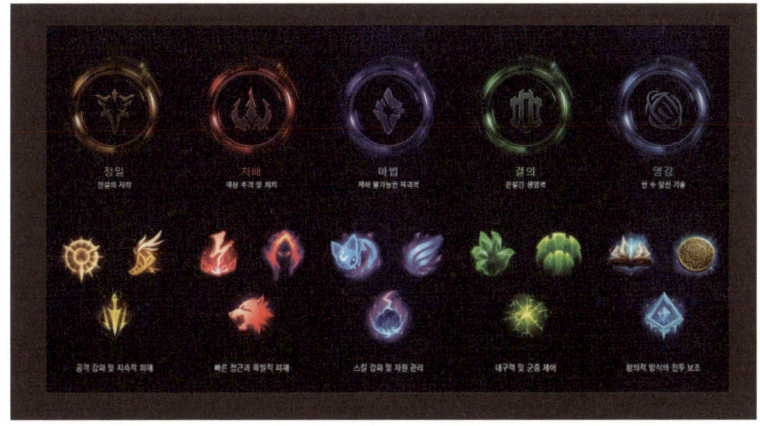

심각한 코로나의 상황에서 게임에 대한 무조건적인 부정보다는, 우리의 스트레스를 풀 수단의 하나로 활용한다면, 게임이라는 취미는 충분히 효과적인 컨텐츠가 될 수 있을 것이다. 단, 장시간 게임 이용은 심신의 건강에 부정적일 수 있기 때문에 게임 시작 전, 적당 시간을 정해두고 절제하며 즐길 필요가 있음을 주의하자.

제2부

①

중2의 목소리를
들어보아요!

[인터뷰] 사춘기 청소년, 그들의 이야기

이승준, 이상건, 신영기

책을 쓰는 우리들만의 이야기는 사춘기 청소년들을 대표하기에
는 너무 주관적인 말이 될 수도 있다. 그래서 준비했다. 주변의 청
소년들을 직접 만나보고 인터뷰하는 시간을, 지금부터 그들의 생생
한 이야기를 들어보자.

Interview 1

Q 요즘 고민 있어?

A 음... 부모님하고 대화문제로 다퉜어.

Q 왜 그런지 알 수 있을까?

A 친구들하고 있을 때 사용하는 말투를 집에서 쓰니깐 부모님한
테 혼났어.

Q 뭐라고 말했는데?

A 띵곡? 띵작? 그냥 애들하고 있을 때 사용하는 말하고 약간의
비속어를 사용했지.

Q 신조어하고 줄임말 같은 것을 사용했을 때 부모님하고 대화는
잘 이루어 졌어?

A 아니 대화가 잘 안돼.

Q 그렇구나, 그러면 부모님과 대화는 많이해?

A 아니 잘 안해.

Q 그리고 부모님하고 대화할 때 비속어를 사용했어?

A 어 친구들하고 놀 때 쓰는 말이 자연스럽게 나왔어.

여러분은 부모님과 언어 문제로 대립한 적이 있는가? 위의 대화로 보아 청소년기에 부모님과 언어차이로 인한 문제는 크게 보면 두 가지로 나누어진다. 첫 번째로는 신조어 사용의 문제이다. 신조어란 새로이 생겨난 말로 청소년, 청년 측의 최신 경향을 반영하여 만들어진 단어들이 많다. 신조어는 말투가 재밌고, 이를 사용하는 친구들끼리의 유대를 형성할 수 있어 청소년기 학생들이 많이 사용한다. 이들은 자신의 소속집단인 또래 집단에서 신조어 사용에 큰 비중을 두기 때문에 친구 간의 의사소통이나 교류를 위해 자연스럽게 하기 위해서는 신조어 사용 및 숙지가 강조된다. 특히 청소년들의 의사소통 수단으로 대두된 SNS를 사용하는 사람들이 많아지면서 신조어가 빠른 속도로 전파되고 변이되며 그 사용이 확

장된다. 때문에 일부 신조어는 또래 집단에서도 유행에 민감한 친구들이 아닌 경우 상호 간의 언어에 대한 이해의 어려움을 겪기도 한다. 친구가 말을 하는데 그 뜻을 이해 못하는 경우가 있지는 않은가. 그렇다면 이 신조어는 어떻게 생성이 되었을까? 신조어는 컴퓨터 통신의 발달, 경제적 측면이 복합적으로 작용해 생성되게 되어 있다. 또, 컴퓨터 통신의 원인으로는 사람들은 사이버 공간에서 소통하며 소속감이나 책임감으로부터 벗어나 자유롭게 의사소통을 한다. 즉 자유로운 공간에서 그들이 표현하고자 하는 대로 표현하려는 심리가 반영되어 형성되는 언어가 신조어인 것이다. 경제적 측면으로는 당시의 경제상에 맞게 지칭하는 의미의 신조어가 많이 생겨나기도 한다. 대표적으로 기업들은 짧은 시간에 기업에서 알리고자 하는 이미지를 강하게 심어 주어야 하기 때문에 함축적이고 그 제품만의 특성을 나타내는 문구를 사용하게 된다.

신조어 사용은 장단점을 갖는다. 앞서 말한 반와 같이 또래 친구들 간의 유사 언어 사용에 따른 공감대 형성이 가능하고, 길고 장황한 문장을 짧게 줄여 사용하는 등의 방식을 통해 긴 내용의 대화를 짧게 줄여 쓸 수도 있다는 점에서 경제성도 일부 형성된다. 하지만 이같은 언어의 사용이 갖는 극명한 단점도 존재한다. 유행에 민감하지 못하나 세대와의 소통이 어려워질 수 있다는 점이다. 부모님, 조부모님의 세대와 더불어 사용하는 언어가 아니며, 그들은 우리 청소년들에 비해서 유행에 민감하게 반응하지 않는다. 이에 상호 간의 의사전달이 어렵고, 소통되지 않는 경우가 빈번하게 발생한다. 이로 인하여 부모님과의 소통이 줄어들고 세대 차이의 장벽을 형성하기도 한다. 실제 인터뷰로 보아 신조어의 사용으로 인하여 부모님과의 마찰을 경험한 학생을 볼 수 있다.

　두 번째로는 비속어의 사용이다. 비속어란, 격이 낮고 속된 표현으로 타인에 대한 비방 욕설 등이 이에 해당한다. 욕설 비방의 언어는 당연하게도 사용을 지양하는 것이 좋다. 그러나, 타인의 감정을 상하게 하지 않는 선에서의 비속어의 사용은 때로 또래 친구들 간의 대화에 가미된 조미료처럼 느껴지기도 한다. 웃음을 유발하기도 하고, 격정적인 감정을 표현하는 데에 사용되기도 하며 표현의 폭을 넓혀주는 역할을 할 수도 있다. 이에 비속어 사용을 최소화 하는 것이 가장 좋겠지만, 자리와 대화 참여자를 참여하여 적절한 비속어의 사용은 오히려 함께 대화를 나누는 집단 간의 친밀도를 나타낼 수도 있다는 점에서 무조건적으로 부정적으로 바라보기는 어려울 수 있다고 생각한다. 하지만 이같은 용어의 사용에 대하여 청소년들은 때와 장소, 구성원을 구분한 언어사용에 어려움을 겪는다. 때문에, 부모님과의 대화 과정에서도 본인이 사용하는 언어가 타인을 비방하는 의미를 담은 비속어라는 인식을 하지 못한 체 사용하여 부모님과의 의사소통에 있어 갈등을 겪곤 한다. 부단 청소년들만의 문제는 아닐 수 있다. 남녀노소를 불문하고 비속어의 사용은 문제가 될 수 있음에도 여러 상황에서 사용되고 있다. 이에 상황과

장소를 고려한 언어 선택이 중요함을 확인하고, 부모님 혹은 웃어
른을 상대로 대화를 나눌 때에는 본인이 사용하는 언어에 대하여
조금 더 민감하게 선택하고 사용할 필요가 있다고 생각한다.

Interview 2 ••••••••••••••••••••••••••••••••

Q 요즘 고민거리나 걱정거리 있어?

A 갑자기?

Q 혹시 너가 고민 있는게 있나해서

A 음.. 성적?

Q 성적?

A 어

Q 왜 성적에 대한 고민이 생겼어?

A 잘하는 과목도 없고, 시험 못치면 부모님한테 혼나고, 남들은
시험 잘쳐서 나중에 성공할 것 같은데 나는 시험도 못치고 성적
도 안좋아서..

Q 그럼 시험 성적에 대한 스트레스도 받겠네?

A 어 나름대로 공부하는데 성적도 안오르고 하기도 싫고, 왜 해야
하는지도 잘 모르겠어.

Q 그러면 공부를 제대로 해 봐야겠다고 생각해 봤어?

A 어 생각을 하는데 실천하는게 너무 힘들어 자신도 없고

Q 자신감을 가져 할 수 있다고

A 그래 고마워

Q 그래 질문에 답 해줘서 고마워

초등학교시절 피아노, 태권도, 미술 등의 예체능 학원을 집중적
으로 다니다가 중학교로 진학하여 중학교 1학년으로서 한 해를 보

낸다. 자유학년제에 따라 서로의 성적을 수치상으로 확인할 수 없는 시기의 우리는 중학교 2학년을 맞이하여 첫 시험을 치룬다. 자신의 성적에 만족을 하는 친구들도 있겠지만, 대게는 예상보다 낮은 자신의 성적에 학업과 성적에 대한 스트레스를 받기 마련이다. 이러한 문제는 개인의 역량에 대한 고민에서 그치지 않는다. 우리의 점수에 만족하지 못하는 것은 우리들 뿐만이 아니다. 우리의 부모님들, 그리고 우리의 선생님들 또한 같은 생각일 것이다.

꿈이 다르고 목표가 다른 우리이지만 대부분의 학생들에게 성적에 대한 기대치는 존재할 것이다. 한 자리수의 등수를 바라는 학생들도 있을 것이고, 중간 이상의 성적을 취하기를 바라는 학생들도 있을 것이다. 또 어떤 경우 성적을 기준으로 90점 이상의 점수를 얻기를 바라는 학생들이 있을 것이다. 또한, 우리의 기대치는 부모님의 요구치와 다르다. 우리의 실제 능력과 자신에 대한 기대치, 부모님의 요구치를 충족시키지 못하는 경우 우리는 부모님과의 불화를 겪게 된다. 일방적으로 꾸중을 듣는 경우도 있을 것이고, 때로는 나도 열심히 했는데 성과만을 바라는 부모님에게 투정을 부리는 경우도 있을 것이다. 모든 사람은 소질과 적성이 다르며, 지향하는 지점이 다르다. 미성숙한 존재인 청소년이지만 우리들 또한 지향하는 방향이 있으며, 노력하지 않는 한량은 아니다. 이에 조금더 우리의 흥미에 대한 적성과 이해를 들어주신다면 하는 바람은 우리 또래의 청소년들이라면 누구나 한 번쯤 경험한 고민이 아닐까.

Interview 3 ....

Q 외모하고 몸매에 대해 고민이라며?

A 맞아 갑자기 얼굴에 여드름이 나니깐 짜증나고 괴롭네

Q 옛날에는 안그랬잖아 그지?

A 어 최근에 갑자기 많이 생겼네

Q 여드름 관리는 하고 있어?

A 아니 어떻게 해야할지 몰라서 그냥 나두고 있어

Q 잘 모르겠으면 꾸준히 세수하고 크림 같은거 발라봐

A 그래야겠다

Q 또 몸매에 대해 고민이라며?

A 어 살쪄서 스트레스 받아

....

　청소년기 우리는 이전에 신경 쓰지 않던 부분에 대한 새로운 고민이 시작된다. 머리를 감지 않고 학교를 가도, 소매에 때 묻은 티셔츠를 입고가도 부끄럽지 않던 초등학교 시절과는 달리, 타인과 이성으로부터의 시선에 대한 부담을 느끼기 시작하며 스스로의 외모를 꾸미고 가꾸기 시작한다. 어린시절 부드럽고 맨들거리던 피부에는 여드름이라는 고약한 녀석이 자라나기도 한다. 부모님이 사주신 옷들로 치장하던 때와는 달리 다른 친구들이 입은 티셔츠, 청바지에 눈길이 가고 나도 그들과 같은 옷, 더 멋있는 옷을 찾아 자신의 외형을 가꾸기 시작한다. 신체 구조의 변화도 이에 한몫을 한다.

우리의 외형을 가꾸기 위한 소비는 부모님들의 경제적 관념과 상반된다. 우리가 인식하는 유행과 선호하는 복장은 기성세대 어른들의 반발을 사기도 한다. 또한 경제력이 없는 청소년들의 소비는 부모님 세대의 지탄을 받곤한다.

Q 너 고민같은거 있어?

A 응

Q 뭔데?

A 나는 햄버거나 치킨 피자같은 음식들이 좋은데 엄마가 계속 줄
이라고 하시네

Q 그러면 이유가 다 있지 않을까?

A 생각을 안해봐서 잘 모르겠네

Q 그러면 부모님은 뭘 먹으라고 하셔?

A 내가 싫어하는 음식들을 먹으라고 하지 영양가 많다면서

식습관으로 인한 갈등도 존재한다. 패스트푸드는 간편하게 섭취
할 수 있다는 점과 자극적인 맛으로 많은 청소년들의 사랑을 받고
있다. 그러나, 이 같은 식습관에 대한 부모님들의 반응은 상반된다.
이는 잦은 패스트부드 섭취가 성장기의 청소년 건강에 악영향을
미칠 수 있기 때문이다. 예를 들자면 식물은 자라기 위해 토양의 영
양분, 햇살, 환경에 따른 성장이 차이가 나듯이, 우리 청소년들 또한
어떤 음식을 섭취하는지에 따라 키와 몸무게 신체를 구성하는 기
관들의 건강 상태가 달라질 수 있다. 대다수의 패스트푸드에는 적
정량 이상의 염분이 포함되어있다. 이는 몸속의 칼슘을 몸 밖으로
배출시켜 뼈를 약하게 한다. 또한 가공식품 속 설탕은 몸을 산성화

시키고 칼슘 흡수를 방해해 골격 형성에 지장을 주게 된다. 당연히 성장 중인 우리들에게는 치명적인 영향을 미칠 수 있다. 이를 알고 있는 부모님과, 그럼에도 그 맛의 중독성을 잊을 수 없는 우리들 간의 갈등은 밥 먹는 시간의 즐거움을 빼앗아 가곤 한다.

②

중2의 걱정! 고민?

사춘기 청소년의 고민 걱정

이상윤, 이예찬, 남우진

성적 고민

중학생이 되면서 생기는 고민이 있다. 그 중 첫 번째로 시험(성적)에 대한 고민이 있다. 초등학교 시절에는 지필평가의 시험을 치루지 않았으며 성적보다는 활동과 체험 위주의 수업이 진행되었다. 하지만, 중학생이 되고 나서는 매년 학기마다 중간고사, 기말고사를 총 4회 치뤄야 하기 때문에 학업에 대한 스트레스와 부담감이 클 수 밖에 없다.

누구나 첫 번째 험은 부담이 클 수 밖에 없다. 자신의 지적 능력에 대한 판단의 지표를 수치로 받아보는 경험이 처음이기 때문에, 개인별 판단의 수준을 다르겠으나 많은 학생들이 절망하곤 한다.

하지만, 중학교 2학년 1학기를 지낸 우리에겐 앞으로 더 많은 시험이 남아있고, 오늘의 시험 성적에 절망하고 학업을 포기하기 보다는 더 나은 성적을 받고, 너 뛰어난 지적 수준을 가주기 위한 노력이 필요할 것이다.

누구에게나 시험은 부담으로 다가온다. 하지만, 그 부담을 어떻게 활용하느냐가 중요하다. 과도한 부담은 과도한 긴장을 불러오고 이는 시험에 있어 문제에 대한 판단 능력을 희게 하 수 있다. 반대로, 시험에 대한 부담을 전혀 가지고 있지 않은 경우, 느슨한 시간 조절, 혹은 방심으로 시험에 부정적 영향을 준다. 그래서 부담을 적당히 가지면서 긴장의 끈을 놓지 않고 너무 부담을 가지지 않는 선

을 지켜서 시험을 대비하고 시험을 치는 것이 좋다.

시험에 대한 부담은 갖지만, 정작 청소년들 중에는 시험 대비 어떻게 해야하는지 잘 모르는 친구들이 많다. '당일치기', '벼락치기'는 많은 친구들이 하고있는 공부방법이면서도, 대표적으로 공부방법을 모르는 친구들의 공부방법이기도 하다. 중학교 이 후로는 하루만에 단일 과목에 대한 시험을 치루는 것이 아닌, 개별 과목에 대한 평가가 일정 기간에 걸쳐 진행된다. 따라서, 한 학기간 진행된 과목별 학습 내용을 되돌아보기 위해서는 최소한 2주 정도의 준비 기간이 필요하다.

당일에 진행되는 공부가 아닌 일정 기간 동안 진행되는 공부는 구체적인 계획이 필요하다. 중학교 시험은 중간고사 다섯 과목, 기말고사 보통 여덟 과목에 거쳐 치러진다. 과목별로 다루고 있는 내용이 모두 다르기 때문에 공부 방법 또한 상이하다. 자신 없는 과목, 공부가 부족한 과목이 있으면 그 과목에 좀 더 집중적으로 공부 시간을 쏟을 수도 있다.

만약 수학을 못하는 경우, 자신의 문제가 무엇인지 판단해야하며, 그 문제가 공식에 대한 암기라면 암기를, 풀이 능력의 문제라면 반복된 문제풀이를 통한 숙달이 필요할 것이다. 단원별 학습 또한 중요하다. 잘 못하는 단원의 문제를 좀 더 많은 시간을 투자해서 공부해야 한다.

다음으로, 국어는 제시된 지문에 대한 이해와 사고력이 중요하

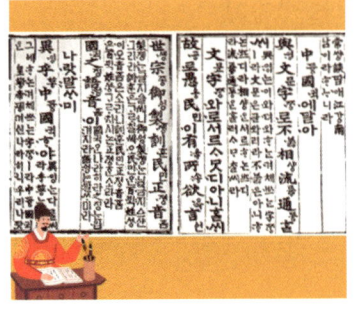

다. 따라서 단기간 학습을 통한 성적 증진이 어려울 수 있다. 때문에 장기간의 시간을 두고, 독서와 작문 등의 기본적인 언어 능력을 숙달 하는 것이 도움이 될 수 있다. 단기간 적으로는 시험과목의 지문을 외우면 쉬울 것이다. 생소한 지문을 읽고 시험을 치루는 것 보다는, 익숙한 지문의 내용에 대한 질문지를 해결하는 것이 보다 쉬울 수 있기 때문이다. 이는 영어도 마찬가지이다. 영어는 단어를 최대한 많이 외우고 영어 본문을 외우는 게 좋고 서술형은 문법을 이해해 그걸 바탕으로 시험지에 답을 써내려 가야 한다. 여기서도 단어를 잘 외워서 철자를 틀리지 않게 하는 것이 중요하다.

또한 역사, 사회와 같은 암기 과목과 과학과 같이 이해를 기반하는 과목 또한 나름의 방법을 두고 학습을 하는 것이 중요하다. 국어는 앞서 말했듯이 시험에 나오는 지문을 외우는 것이 시험 칠 때에 시간을 낭비하지 않고 바로바로 풀 수 있다. 역사는 교과서에 중요하다고 생각하는 부

분을 색 볼펜이나 형광펜으로 표시해 중요도를 중심으로 공부를 하는 것이 효율적이다.

이해를 기반하는 과목인 수학, 과학은 수학은 공식을 이해하는 것이 최우선이다. 공식을 이해했으면 그걸 바탕으로 문제를 계속 풀어야 한다. 같은 유형의 문제를 많이 풀어 시험 칠 때 풀어봤던 유형의 문제가 나오면 바로바로 풀 수 있게 많이 푸는 것이 좋다. 마지막으로 과학은 수학과 다르게 공식이 아닌 왜 이렇게 되는지 이유를 서술할 수 있어야 하는 게 중요하다. 과학은 객관식은 쉽다고 느껴질 수 있지만 서술형은 어떤 현상이 왜 이러나는지 서술하고 예시를 주었을 때 어떤 현상이 일어나는지도 서술해야 하기 때문에 어렵다고 느꼈다. 또 중학생이 되면 꼭 외워야 되는 것이 원소 기호인, 이것은 처음 외울 때에는 조금 어렵지만 한번 외우면 바로 떠오른다. 하지만 외워야 할 시기에 안 외우면 화학 단원 뿐만 아니라 지구, 생물 단원에서도 많이 어려울 것이다. 과학은 이것만은 꼭 암기해야 한다.

공부 방법 이외에도, 학업 문제에는 '집중'이 문제가 될 수 있다. 생소한 내용을 기억하고 이해하는 일은 머리의 부하를 불러온다. 때문에, 우리는 보다 편하고 즐거운 게임이나 운동을 선호하며, 공부에 대한 거부감을 갖기 마련이다.

만약 핸드폰 때문이라면 공부를 할 때 핸드폰을 무음으로 해놓고 옆에 치워두면 집중이 될 것이고, 주변이 시끄러워서 집중이 안

된다면 스터디 카페를 가는 것도 괜찮다고 생각한다. 근처에 스터디 카페가 없으면 학교 도서관이나 근처 도서관을 가서 공부하는 것도 좋다고 생각한다. 도서관을 가면 특유의 조용하고 공부하는 분위기가 있기 때문에 집중이 잘 될 것이다. 도서관에 가서 자신이 공부할 시간(목표)을 핸드폰 타이머로 소리를 작게 맞춰놓고 공부하면 목표에 맞게 공부를 할 수 있을 것이다. 또 이어폰을 사용하여 잔잔한 음악을 들으면서 공부를 해도 좋을 것이다. 가사가 있는 노래는 추천하고 싶지는 않다. 왜냐하면 가사가 있는 노래는 공부에 집중을 떨어뜨리고 가사를 따라 부르게 되기 때문이다. 이처럼 힘든 공부를 하기 위해서는 환경의 변화에 대한 시도가 필요하다.

시험 칠 때 시간 배분에 대해서 걱정하는 사람도 있다. 시험은 최대한 빠르고 정확하게 풀어야 한다. 시험지를 받으면 제일 어려운 문제와 서술형을 먼저 풀고 다른 객관식 문제를 푸는 것이 제일 시간 배분하기가 좋다. 하지만 어려운 문제를 못 풀겠으면 오래 붙잡고 있지 말고 빨리 다른 문제를 풀고 마지막에 푸는 것이 좋다. 어려운 문제와 서술형 문제부터 푸는 이유는 서술형과 난이도가 있는 문제가 점수가 대체로 높기 때문에 서술형부터 풀어야 한다. 또 마킹할 때에 혹여나 밀려 쓰거나 실수 할 수 있기 때문에 플러스펜으로 먼저 체크만 하고 다음에 컴퓨터용 싸인펜으로 시험지를 다시 확인하면서 마킹하면 실수 할 일이 거의 없을 것이다.

앞에 봤던 것을 봐도 공부하는 방법을 모르겠거나, 학업의 스트레스가 심하다면 모든 학교에 있는 wee클래스를 통해 도움을 받는 것 또한 하나의 방법이 될 수 있을 것이다. wee클래스에는 진로 선생님이 계시는데, 진로 선생님께 자신의 고민과 공부를 어떻게 해야 할 지 모르겠다고 말씀드리면, 혼자만의 고민에 대한 보다 현명한 해결책을 얻을 수 있을지 모른다. 또한 향후의 공부에 대한 보다 나은 방법을 얻을 수 있을지도.

교우관계

사춘기에 접어든 청소년들에게는 많은 고민들이 있지만 그중에서 가장 큰 고민은 교우관계일 것이다. 사춘기가 시작되면 처음과는 다르게 여러 방면의 관계에서 많은 변화를 경험한다.

처음 사춘기가 시작되었을 때 나는, 전과는 다르게 친구들과 쉽게 어울리지 못했다. 그리고 가족과의 관계도 멀어져 항상 어색한 분위기를 유지하였다.

그 후로 나는 말을 잘하지 않게 되어 부모님이 가끔 말을 걸어 주실 때 말고는 거의 말을 하지 않았다. 말을 하기 싫다거나 상대방에 대한 거부감은 아니었다. 다만, 생각 없이 하고 싶은 말을 하던 때와는 달리, 다른 사람이 나를 어떻게 바라볼 것인가에 대한 걱정과 고민이 생겨나며 말에 조심성이 더해지고, 사람들과 이야기를 나누는 일이 조금 어려워졌을 뿐이다.

지금 생각해 보면 부모님께서는 얼마나 힘드셨을까 하는 생각이 든다.

그러나 나도 언제부터인가 친구나 부모님과의 관계가 너무 멀어지고 있는 것을 알아차리게 되었고, 이 이상 관계가 멀어지면 매우 곤란하고 난처한 상황이 일어날까 봐 두려웠다.

이로써 인간관계가 얼마나 중요한 것인지 알게 된 나는 차츰 억지로라도 대화를 시작했다.

그러나 오랜 시간 잘해오지 않던 대화를 지금 와서 단숨에 잘할 수 있다는 것은 매우 불가능한 일이다.

처음 나는 한 번의 대화를 통해 친구들과 가족들과의 관계를 원래대로 되돌릴 생각이었으나, 생각과는 달리 장시간 이어진 정적은 관계를 쉬이 회복할 수 없게 만들었다.

그렇다면 인간관계를 좋게 할 수 있는 방법은 없는 것일까? 나는 엄청난 고민 끝에 생각해냈다. 나와의 인간관계를 이을 사람과 대화 할 때는 한 번에 대화를 시도하지 말고 조금씩, 조금씩 단계적으로 상대와의 소재를 맞추어 가는 것이 중요하다. 비슷한 시기의 청소년들이라면 우리가 겪었던 타자에 대한 부담을 그들도 가지고 있을 것이기 때문이다.

아마도 이 책을 읽고 있는 여러분 역시 사춘기라면 인간관계에 대해서는 두려워하지 않아도 된다. 긴 시간을 들여 바꿔고자 하는 의지가 있다면 원만한 인간관계를 형성할 수 있을테니까.

그 이외에 인간관계 형성 방법에는 더 많은 것들이 있다.

다른 방법들도 살펴보자.

인간관계 회복 방법은 먼저 자신을 돌아보아야 한다.

내가 잘못한 것은 없는지, 무엇이 상대를 상처받게 했을지 먼저 생각해 봐야 한다. 무언가 집히는 부분이 있다면 자기합리화는 하지 말고 그 친구에게 먼저 다가가 차분히 사과하며 화해를 시도해 보는 것이 좋을 것이다.

그런데 생각하기에 이 친구랑 나는 잘 맞지 않는다, 이 친구의 성격은 남들이 보기에도 많이 이상하다 싶은 친구는 애써 회복하려 하지 않아도 된다. 무조건적으로 모든 사람과 원만한 관계를 갖고자 하는 노력은 오히려 '나'를 잃는 일이 될 수도 있기 때문이다.

평소보다 관계가 어렵고 내가 사춘기로 인한 당연한 고민을 하고 있는 것인지 잘 모르겠다면, 아래의 테스트를 통하여 당신이 사춘기가 맞는지를 확인해보는 것이 좋다. 만약 당신이 사춘기가 아니더라도 위의 글에서 친구와의 싸움이 있거나 관계가 좋지 않은 친구가 있다면 아래의 테스트를 해보는 것이 좋을 것이다.

③

중2의 고민 타파
사춘기 청소년들의 고민 해결책

⋮

미래별

1. 학업 스트레스 타파

3시간은 두뇌의 집중력이 높아지는 시간이다. 취침 후에는 뇌의 기억이 초기화되기 때문에 기억력, 상상력, 창의력이 높아지는 공부의 황금 시간대를 이용한 것이다. 그리고 단어 등을 암기하는 경우 잠을 자는 사이에 기억은 정리되기 때문에 자기 전에 암기하는 것이 장기기억으로 정착이 쉬워진다.

• 음독으로 공부하는 법

공부할 의욕이 생기지 않더라도 우선 학습 내용을 소리 내어 읽어 보는 것이다. 목소리를 내는 것으로 뇌가 자극되어 의욕이 나타나고 장문 독해의 경우 텍스트를 그냥 보는 것보다 장기기억에 남기 쉽고 말하기 능력도 향상된다.

• **교과서를 여러 번 읽어 공부하는 법**

이 공부법은 말 그대로 교과서를 여러 번 읽어 공부하는 것이다. 1~3번째에는 교과서의 내용을 읽고 출제 범위를 파악하고 4~7번째에는 정도를 읽은 내용이 교과서의 어느 부분에 있는지 확인한다. 이해도는 3번째까지 많이 오르진 않지만, 4번째부터 이해도가 상승하고 7번째에 도달할 무렵에는 세세한 부분까지 이해할 수 있을 것이다. 이 공부법은 국어, 사회, 영어, 과학 등 암기와 이해가 동시에 필요로 하는 교과에 적합하다.

• **친구와 함께 공부하는 법**

공부에 집중할 수 있는 환경을 만드는 것도 효율이 높은 공부법이다. 함께 공부하는 친구의 존재는 크다. 원래 함께 공부를 열심히 하는 친구가 있는 것이라면 그 친구와 함께 공부하는 동기가 올라간다. 친구와 함께 공부하면 서로의 지식을 공유하고 서로의 단점을 보완할 수 있기에 공부를 더욱더 잘할 수 있게 된다.

• **스톱워치로 공부하는 법**

이 방법은 실제로 많은 서울대 합격자들이 사용한 방법이다. 스톱워치로 측정한 공부 시간과 수면 시간, 그 사이의 시간을 기록하는 방법이다. 그리고 기록된 공부 시간을 확인하며 동기도 유지할 수 있다. 이 공부법은 다음과 같은 방법으로 한다.

- 디지털 스톱워치를 사용
- 측정 한 시간을 기록
- 생활시간(수면 시간, 틈틈이 시간)도 기록

기록을 계속하다 보면 공부가 게임 감각이 되는 것을 알 것이다. 공부에 대한 마음을 접지 않고 지속해서 공부하도록 해주는 방법이라고 할 수 있다.

• 정리하면서 공부하는 법

자신이 공부한 내용을 공책에다가 핵심 내용 중심으로 기록하여 공부하는 방법이다. 이 방법은 비슷한 내용끼리 정리하여 보고 쉽게 보고 이해할 수 있다. 마인드맵을 이용하여 공부하거나 그림을 그려 기록하고 연관 있는 내용끼리 연결하여 공부하는 것이다. 이렇게 공부하면 효율적으로 공부할 수 있기에 공부할 때 거의 필수인 공부 방법이다.

• 학습 내용의 전체를 파악

갑자기 텍스트의 첫 번째 내용 공부를 시작하는 것은 추천하지 않는다. 먼저 큰 그림을 파악하고 학습을 시작하면, 학습 내용에서 자신이 필요한 내용이 무슨 내용인지, 그리고 전체적인 내용을 더 쉽게 이해할 수 있다.

• 공부법이 자신에게 맞는지 체크

여러 가지 방법을 시도해서 자기에게 맞는 방법을 찾으면 된다. 사람마다 맞는 공부법이 다르기에 남이 추천한다고 해서 그 방법만 사용하지 말고 자신에게 가장 잘 맞는 공부법을 사용하면 된다.

• 책상 주변을 정리하기

책상 주변을 정리 정돈하고 집중할 수 있는 환경을 정돈해야 한다. 책상에서 보이는 것이 있으면 산만의 원인이 된다.

• 스마트폰이나 컴퓨터 가까이 두지 않기

스마트폰이나 컴퓨터를 사용해서 공부할 수도 있지만, 게임이나 인터넷 때문에 공부에 집중하지 못하는 사람도 많이 있다. 그러니 공부는 종이를 사용하고 스마트폰이나 컴퓨터를 가까이 두지 않는 것도 하나의 방법이다.

• 졸릴 땐 낮잠 자기

공부하는 동안 졸음이 덮쳐 오면 잠과 싸우지 말고 낮잠은 자는 것이 좋다. 졸린 것은 뇌가 충분히 작동하지 않는 증거이기 때문에 애써 무리해도 효율은 오르지 않는다. 그래서 20분 정도 낮잠을 자는 것이 공부의 효율을 높일 수 있다.

　이렇게 공부하는 이유와 하는 방법에 대해 알아보았다. 자신이 공부를 왜 해야 하는지 몰라서 고민이거나 공부를 어떻게 해야 하는지 몰라서 고민이 있었다면 이 글을 읽고 고민이 해결되어 자신의 꿈과 미래를 위해 더욱더 노력하여 이룰 수 있기를 바란다.

2. 교우관계, 모자관계 문제

문항번호	질문	YES	NO
1	부모님과 이야기가 통하지 않는다.		
2	부모님께 잔소리 들으면 짜증난다.		
3	거짓말이 잦다.		
4	눈물이 자주 난다.		
5	거울을 자주 본다.		
6	옷차림에 신경쓰인다.		
7	연예인 팬클럽 같은 팬클럽에 가입을 많이 한다.		
8	친구들과 전화를 자주한다.		
9	일을 결정할때 다른사람 말 대신 친구말을 잘 따른다.		
10	부모님 보단 친한 친구와 같이 있는게 좋다.		
11	친구를 쉽게 사귀기가 힘들어진다.		
12	사소한 일에 쉽게 화가 난다.		
13	동생과 혹은 누나, 형 과 자주 싸운다.		
14	이성에게 관심이 간다.		
15	내 몸에 대해 점점 알고 싶어진다.		
16	우울해지는 경우가 있다.		
17	감수성이 예민해진다.		

<결과>

YES의 수	결과
0~5개	사춘기는 아직 오려면 한참~남았네요
6~9개	사춘기가 이제 슬슬 오고 있는 듯 해요?
10~13개	사춘기가 왔어요!!
14~17개	사춘기 시기의 절정!!

사춘기 테스트를 할 때, 공감이 되는 이야기도, 공감이 되지 않는 이야기도 많을 것이다.

하지만 사춘기 증상에 대해서 더 자세하게 알아보는 것이 궁금증을 해결하는 데 더 도움이 될 것이기에 사춘기 테스트에서 물었던 증상과 비슷하지만, 사춘기의 대표적인 증상들에 대해서 알아두면 고민 해결에 많은 도움이 될 것이다.

$$\textbf{4}$$

우리의 중2 시절

사춘기 청소년들의 고민 해결책

미래별

> ## 연호의 중2 시절

나는 올해 책쓰기 동아리에서 활동하면서 내가 지금 직접 겪고 있는 '중학교 2학년'에 대해서 다시 한번 더 생각해 보게 되었다. 왜 사람들은 '중2병'이라는 말이 나올 정도로 중학교 2학년을 특별하게 여기는 것일까? 우리는 일상생활에서 감정 기복이 심하고 화를 잘 내는 사람에게 우스갯소리로 '중2병'에 걸렸다라고들 말한다. 이때의 '중2병'은 감정 기복이 심하고 까칠하며 화를 잘 내는 사춘기의 좋지 않은 점을 꼬집어 비꼬는 의미로 쓰이는 것이다. 하지만 중학교 2학년 때 감정 기복이 심하고 원래의 틀을 벗어나려고 한다는 것은 다른 관점에서 본다면 정신적인 부분, 인성을 포함한 모든 면에서 변화가 얼마든지 가능한 문이 열리는 시기라는 것으로도 해석할 수 있지 않을까? 그래서 나는 중학교 2학년의 가장 중요한 점, 즉 본질은 변화의 문이 열렸을 때 자신의 인생에 도움이 되는 길을 선택하는 것이라는 생각이 들었다. 그리고 자신의 인생에 도움이 되는 길을 찾는 징검다리는 '다양한 경험'이라고 생각하였다.

백문이 불여일견이라고 내가 직접 여러 가지 경험을 해보면 더할 나위 없이 좋겠지만 올해는 생활기록부에 기록되는 중간고사, 기말고사가 다시 생기기도 하고 코로나-19라는 불상사로 인해 직접 해보기에는 그럴 시간도 부족하고 환경도 안 되는 안타까운 시기이다. 그렇지만 손 놓고 있을 수는 없어서 내가 선택한 여러 가지 경험을 하는 방법은 '독서'였다. '독서'는 다양한 사람들의 경험을 읽으면서 그들이 30년 동안 알아내고 깨달은 것들을 단 2시간 만에 간접적으로 경험을 해볼 수 있다는 매우 큰 장점이 있다. 또, 책만 있다면 '독서'는 어디서든지 할 수 있으니 시간의 문제와 환경의 문제를 극복할 수 있는 방법인 것이다.

나는 중학교에 들어오기 전까지는 추리소설, 고전소설과 같은 소설을 많이 읽었다면 중학교에 들어오고 나서는 다양한 것을 경험해보아야겠다는 생각에 자기계발서를 매우 많이 읽게 되었다. 그래서 나는 경험해보고 싶은 분야가 있다면 먼저 독서로 그 분야에 대해서 맛보기만 해본 뒤에 정말 해보고 싶다는 생각이 든다면 도전

해보려고 하였다. 이렇게 하면 꼭 내가 해보고 싶은 것을 명확하게 알 수 있다. 그래서 다양한 경험을 하고 싶은데 여러 가지로 여건이 마땅치 않은 현재 중학교 2학년 학생들, 이제 중학교 2학년이 되는 중학교 1학년 학생들에게 이러한 이유들로 독서를 추천한다.

내가 올해 가장 아쉬운 점을 꼽으라면 앞서 말한 것처럼 중요한 시기에 무기력하게 혼자 망상에 빠져 힘들어하며 허비한 시간이 있다는 것이다. 물론 이 시간들로 인해 내가 깨달은 것이 있기 때문에 허비했다고는 말할 수 없을지도 모른다. 내가 결국 깨달은 것은 나는 나대로 살면 된다는 것이다. 나는 사실 게임을 하는 것도 아니고 하교 후에 운동을 하는 것도 아니라 내 또래 친구들과의 접점이 없어서 굉장히 난감할 때가 많았는데 그저 나는 나대로 살고 있으면 나랑 통하는 점이 있는 사람들이 보이게 된다는 걸 깨달으면서 마음이 굉장히 편해졌다. '인간관계는 어쩌면 남에게 피해를 주지 않고 신경을 딱히 쓰지 않아야 원만해지는 것이 아닐까?'라는 물음은 나에게 정답이 되었다.

나는 나름 여러 가지 경험을 쌓은 중학교 2학년을 지나 앞으로 중학교 3학년, 고등학교에 가면 이 세상을 더욱 누비고 다니면서 더 많은 경험을 할 것이다. 그리고 고등학교를 졸업하면 머리와 마음이 적당히 찬 상태로 대학교에 갈 것이다. 나는 중학교에 들어오면서 유독 탄생과 죽음에 대해서 매우 곰곰이 생각을 했다. 죽음을 생각하면 먼저 가슴이 서늘해지며 두려움이 몰려온다. 그 서늘함을 참아내고 더욱 집중해 생각해도 명확한 답은 나오지 않았다. 대부분의 사람들이 나처럼 죽음이 두렵고 죽고 싶지 않을 것이다. 그리고 생명만큼 중요한 것은 없다고 생각할 것이다. 그래서 나는 직업으로 의사를 하고 싶다. 이 세상 그 어떤 것보다도 중요한 생명을 지켜줄 수 있고, 탄생과 죽음이 공존하는 곳에서 일한다는 것이 매력적으로 다가왔다. 또, 사람의 몸에 대해 열심히 공부하고, 많은 사람들의 생명을 유지하도록 도와드리다 보면 내 오랜 생각의 답을 찾을 수 있지 않을까?

　마지막으로 책쓰기 동아리를 하면서 많은 중학교 친구들과 내 글로 소통할 수 있다는 것이 좋았고, 내가 쓴 글이 부족하지만 많은 친구들이 읽고 공감하고 얻어가는 것이 있기를 간절히 소망한다.

승준이의 중2 시절

글을 쓰는 동안 계절이 휙 휙 지나갔다. 처음 글쓰기 동아리에 들어오게 되었을 때 멋진 글을 쓰고 싶었지만 책이란 것을 처음 써보게 되어서 두렵고 긴장이 되었다. 이런 마음을 안고 처음으로 책을 써보게 되었다. 처음에는 내가 생각하고 있던 주제와 친구들과 합의에서 결정한 주제와는 달라서 당황했고, 주변에 있는 책들을 보면 200장은 거뜬하게 넘어가는데 내가 이렇게 글을 잘 쓸 수 있을까? 라는 막연한 두려움도 생겨났다. 중학교 2학년에 대한 내용으로 책을 쓰게 되었는데 책을 처음 쓸 땐 좋은 아이디어가 생각나지 않아 답답했고, 중간중간에 앞뒤 내용이 맞지 않아 고치는데 있어서 힘들다고 생각도 했었다. 이런 생각들이 머릿속을 맴돌고 계절은 지나가고 있는 무렵 나는 생각했다. 책을 쓰는 일은 이번이 아니면 나중에 이렇게 책을 쓸 기회가 적을 것이라고 생각이 들어서 열심히 책쓰기에 임했다. 그리고 우리들이 적은 글들이 하나로 모인 것을 보고 다들 열심히 적은 것 같아서 뿌듯함을 느꼈다.

어른들은 중2면 중2병 걸렸네? 라고 웃으시면서 말하시곤 한다. 다른 면으로는 중2병의 시기 여러 생각으로 방황하는 우리들을 비판적으로 보고는 하는데 나는 그것은 자연스러운 현상 중 하나라고 생각한다. 어른이 되는 과정에서 우리가 처음 겪는 일들도 생길

따름이기 때문이다. 나도 처음에는 그렇게 생각했다 그래서 나도 중2에 올라가면 중2병이 생길까 봐 두려웠고 무서웠다.

내가 중학교 1학년을 끝마치고 중학교 2학년을 올라오면서 "중2병은 말 그대로 중학교 2학년 때 나타나나? 그러면 나도 중2병에 걸린 건가?"라며 생각했다. 근데 지금 중학교 2학년이 끝나는 시점에서 봤을 때는 나는 중2병이 중2 때 오지 않은 것 같다. 한 해를 돌아보면 심하게 부모님과 대립했던 적도 딱히 없고, 매사에 불평하거나 심하게 화를 낸 적은 없는 것 같다. 어른들이 생각하는 중2병은 허세, 자아도취라고 생각하는데 나도 초등학교 시절 때에는 그렇게 생각했다. 그런데 이번 책쓰기를 통해, 중2라는 시기와 이러한 내용에 대해 조사하면서 나의 인식이 조금씩 바뀌게 되었다. 중2병은 누구나 한 번씩은 겪는 것으로 어른이 되어가는 과정이라는 것을 나는 만약 내가 중2병에 걸렸다고 한들 그 시기를 어떻게 효율적으로 보내냐에 중요한 관점을 두고 싶다.

최근에 학교에서 두 분의 수필 작가를 만나 뵙게 되었는데, 그 분들의 쓴 책을 보게 되었다. 그 작가 분들은 자신이 쓴 책을 가장 좋아한다고 말씀하셨다. 이 계기로 작가라는 직업이 멋있어 보였다. 자신이 쓴 책이 출판되고, 좋아하는 분들이 생기면 그보다 좋은 일이 있을 것인가? 나는 책쓰기 동아리를 통해 내 생각을 전달할 수 있는 책을 직접 써볼 수 있는 기회가 되어서 기쁘다. 우리들이 쓴 책을 읽고 중2에 대한 나쁜 인식이 조금이라도 바뀌었으면 좋겠다.

도윤이의 중2 시절

처음엔 책쓰기를 한다고 하였을 때, 내가 "책을 써도 될까?"라는 생각이 들면서 약간의 거부감이 들었습니다. 제가 책을 쓸 기회가 학교에서 주관하는 글짓기 대회 이게 전부였는데 동아리 시간에 독자를 정해서 책을 쓴다는 것 부터도 저는 힘들었습니다. 하지만 "내가 책을 쓸 기회가 인생을 살면서 몇번이나 될까?"라는 생각을 해보면서 책쓰기에 도전하게 되었습니다.

처음 책을 쓰려고 주제를 정할 때부터 막혔던 것 같습니다. 저는 처음에 소설책을 쓸 생각으로 책쓰기에 지원하게 된 것입니다. 하지만 다른 친구는 저걸 하고 싶고 여러 의견이 나오면서 사공이 많으면 배가 산으로 간다라는 속담이 왜 있는지 알게 되었습니다. 결국 주제는 중학교 2학년(사춘기)에 대한 이해와 중2학년의 시기에 대한 혹은 중2병에 대한 인식 재고(생각의 전환)을 위해 중2(사춘기)에 대한 설명과 고민 생각, 항변을 전달하는 글로 정해졌습니다. 거기서부터 우리의 책은 시작되었습니다.

우리 동아리의 친구들이 여러 분량을 맡았고 그중에서 저는 중2의 여가생활에서 즐겨하는 운동을 맡았습니다. 축구라는 운동을 선택했고 축구라는 주제에 맞는 내용인 축구의 유래, 축구의 규칙 등을 적으면서 축구의 규칙도 한번 더 알아가는 계기가 되면서 책쓰기에 대한 거부감도 조금씩 사라지면서 책을 쓰는거에 흥미를 느껴갔습니다. 그리고 나와 함께 책을 써내려 가던 친구들의 분량과 내 분량 그리고 선생님의 도움으로 책을 완성했습니다. 처음엔 거부감이 나타났지만 책을 출판해 내면서 그 거부감들은 사라졌고 오히려 책을 쓰는 것에 대한 흥미가 생겨버렸습니다.

　제가 가지고 있던 중2에 대한 생각은 부모님께 하지 않던 반항을 하고 부모님과의 대화가 잘 이루어지지 않는 시기, 이유 없이 버럭 화를 내는 것 또 신체적으로 근육이 발달하는 것이라고 생각했었지만, 이 책을 써 내려가면서 생각이 바뀌었습니다. 신체적으로만 바뀌는 것이 아닌 어릴 때 가지고 있던 나의 가치관이 점점 성숙해져 가면서 어른들의 가치관으로 바뀌어 가는 시기인 것 같습니다. 이 책을 쓰면서 친구들과 함께 우리가 겪는 시기에 대한 공감이 더 두터워졌고 우리가 쓴 책을 유명 서점에 출판하면서 실제 작가가 되었다는 생각을 하게 되었습니다. 내가 평소에 읽던 책을 내가 쓴다는 것이 얼마나 재미있는 일인지 깨달았습니다.

　이 책을 쓰는 시간들은 저에게 뜻깊은 시간 이었고 저에게 있지 못할 순간입니다. 그리고 선생님이 실제 작가분들과의 만남을 해보면서 실제 작가분들의 책을 쓸 때의 생각을 알게 되었습니다. 또 주제가 중2의 사춘기인 것만큼 이런 공감대를 형성하기 쉬울 수 없을 것 같습니다. 하지만 주제가 우리가 잘 알지 못하는 것이라면 이런 공감대를 형성하기 어려웠을 것입니다.

성윤이의 중2 시절

학기 초에 선생님께서 개설하신 책쓰기 동아리에 들어오고 나서 중학교 2학년이 되고 난 후에 낯선 시스템 빡빡한 스케줄로 인한 스트레스를 겪는 친구들의 스트레스를 해소할 수 있는 방법으로 나는 책을 썼었다. 물론 나도 중학교 2학년이니 나도 스트레스가 있었다. 하지만, 책을 쓰면서 스트레스를 잠시나마 떨쳐낼 수는 있었다 수 있었다. 또한 이 활동을 하며 처음에는 친하지 않았던 부원 친구들과 이 활동을 하면서 부원 친구들과도 더욱 친해질 수 있어서 좋았다.

초등학생 때도 잠시나마 책쓰기 동아리에 들어가 활동을 한 적도 있지만 이렇게 진지하게 생각하여 '이 부분에는 이런 내용을 넣으면 잘 이어지겠다.', '이곳에 이걸 한번 넣어볼까?'하는 생각도 정말 오랜만에 했던 것 같다. 다만 조금 아쉬웠던 점은 내가 책쓰기에 필요한 자료조사에 조금 불성실 하기도 하였고 책의 내용 또한 내가 원하는 만큼의 결과를 만들어내지 못했다는 점에서 내가 나 자신에게 조금 실망하였던 것 같다.

이 책의 주제인 중2의 대해서도 생각을 해보니 많은 생각이 들었다. 이 책을 쓰기 전 어릴 때 TV프로그램에서 나오던 중2병, 사춘기를 보내는 사람들을 보며 나는 '과연 내가 커서도 저렇게 될까?',

'왜 저렇게 행동을 할까?'라고 생각을 하며 다른 사람들의 눈에도 곱게는 보이지 않다고 생각을 했었던 것 같다. 하지만. 막상 내게 찾아온 중2 시절은 그들을 공감할 수 있게 해 주었다. 나도 모르게 갑자기 기분이 나빠지고 괜히 화내고 방금 전까지만 해도 기분이 나빴지만 갑자기 행복해지고 별것도 아닌 것에 괜히 상처를 받고 이런 현상이 반복되어 내가 하고자 하는 것에 영향을 끼쳐 또 화내고 스트레스가 생기는 등, 악순환이 계속될 수밖에 없는 것 같았다.

앞에서 말했듯이 지금 내가 겪는 상황을 똑같이 겪는 중2 친구들도 있을 것이고, 나와 다르게 이런 일들이 일어나도 아예 쌓아두지 않아 이런 시기를 잘 해쳐나가는 친구, 혹은 악순환으로 인한 스트레스를 너무 많이 받아 쌓아놓은 친구들도 분명히 있을 것이다. 그래서 중2는 매우 민감하기도 매우 활발하기도 한 아주 중요한 시기인 것 같다. 이 시기를 잘 이겨나가기 위해 열심히 학교생활을 하며 나와 친구들이 썼던 책을 읽어보며 동급생이 쓴 스트레스를 잘 해소 할 수 있는 방법들을 잘 사용하여 남은 중2 생활 아무런 사고 없이 즐겁게 보내도록 노력을 해 봐라, 만약에 책을 써 보고 싶다면 주저하지 말고 한번 써 봐라, 인생에 추억으로 남기에는 부족함이 없을 것이다. 이 자리를 빌려 저희에게 이런 좋은 경험을 할 수 있도록 해 주신 김준성 선생님께 감사의 말씀을 드립니다.

상건이의 중2 시절

동아리 활동 1년 동안을 하면서의 과정은 일단 처음에는 책쓰기 동아리라는 동아리의 자체가 내 마음에 썩 내키지 않았기 때문에 처음에는 하기 싫었지만, 선생님께서 권유하시는 바람에 책쓰기 동아리를 시작하게 되었다. 처음에는 선생님과 친구들의 사이에서 주어진 책에 대한 갈등이 생기기도 하였지만 끝내, 책쓰기의 주제인 중2 학년의 사춘기에 대한 이해와 중 2학년의 시기에 대한 인식의 전환이라는 주제를 가지고 하나의 책을 만들기 시작하였다. 하지만, 주제가 너무 복잡하고 생각할 부분도 많았고 재미가 없어서 솔직하게 말하면 하기 싫었다. 하지만, 선생님과 친구들의 격려와 다독임으로 다시 열심히 하고 싶다는 의지를 갖게 되고 책을 쓰기 위한 노력들이 하나하나 뭉쳐서 하나의 글을 제작하는 계기가 되기도 하였다.

준비를 하는 과정에서 어떤 내용으로 책을 써야 할 지 고심을 하고 드디어 주제를 선정했다. 뒤이어 주제에 따른 목차가 나왔다. 청소년들의 고민과 걱정에 대한 목차가 나왔다. 청소년의 고민을 앞에 있는 책의 내용과 같이 부모님과의 갈등, 성적 학업에 대한 걱정, 외모 몸매에 대한 걱정으로 한 부분의 목차가 되었다. 이 한 부분의 목차는 전부 내가 쓴 내용이다.

　처음에는 선생님께서 A4용지 3장을 '꽉꽉' 채워 오라고 하셨는데. 처음에는 3장을 어떻게 다 채우지에 대한 걱정과 한숨이 함께 나왔다. 나는 책을 써본 적이 없어서 어떡해 써야 되지, 써야 되지 몇 날 며칠을 고민했다. 결국 3장의 글들이 완성되었다. 나는 이 책을 쓰면서 어른들 그리고 나와 비롯한 또래들이 이 책을 읽고 사춘기, 중2병에 대한 인식을 바꾸고자 책을 적었던 것 같다.

　일단 중1 때는 주변 사람들이 중2병, 중2병 이러면서 "내 오른손에는 흑염룡이 잠들어있지"라면서 중2 형들을 비하하고 중2는 '겉멋에 물든 시기다', '겉멋의 상징인 나이이다.' 라고 주변 사람들이 말하는데, 나는 중1때 사실 중2에 올라가면 나도 중2형들처럼 이런 대접을 받게 될 불안감과 내가 겉멋을 부리면서 그럴까하는 생각을 하게 되었지만 중2가 올라가면서, 중2가 겉멋의 상징 겉멋에 물든 시기가 아니라고 확신을 한 상황에서 어른들의 인식을 중2는 무서운, 겉멋이 아닌 우울한 마음과 감정 기복이 심한 시기라는 것을 알게 되었다. 어른들은 우리를 생각하는 인식을 바꾸고 중2를 이해해주길 바라며 쓴 이 글을 많은 사람들이 읽었으면 좋겠지만, 모든 사람들이 읽을 수는 없다고 생각한다.

　하지만, 우리들의 성취목표는 책을 소비자들이 삼으로서 중2에 대한 이해와 인식의 전환을 하기 위함이라고 말하고 싶은 부분 중의 하나다. 비록 80쪽의 짧은책 이지만, 이 안에 우리들의 모든 생각과 진리가 담겨있다는 것을 말이다.그리고 나중에도 책을 쓰게 된다면 중2에 대한 생각과 비슷한 예비고1에 대한 생가과 진리를 책으로 담아내고 싶다. 부모님들은 우리 청소년들의 마음을 이해해 주지도 못하고 '사교육만 시키게 된다면 스트레스가 쌓일 것이다.' 라는 것과 부모님들의 욕심으로 공부를 하기 싫은 청소년들에게 공교육이 아닌 사교육만 강요하게 한다면 진짜 공부가 싫은 학생을 돈주고 고문하는것과도 같다라고 예기하고 싶다.라는 내용이 담긴 책을 한권 편판해보고 싶다는 계획이 있다.

나는 비록 중학교 2학년 밖에 되지 않은 만큼 이 책을 읽으시는 부모님 또는 선생님 또는 청소년에 대해 공감대를 형성하기에는 최고로 좋은 조건인것 같다고 생각한다. 이건 별계지만 최근에 이미나 작가님을 실제로 뵙고 많은 생각들을 하였다. 먼저 이미나 작가님이 전달하고 싶은 내용들을 정확하게 전달함으로써 사람들의 공감대를 살 수 있구나라고 말이다. 나의 꿈은 작가는 아니지만 내가 청소년을 겪고 있는 만큼 내 책을 써내 사람들의 공감을 사고 싶다.

경구중학교 화이팅!! 그리고 이 모든 책임들을 감당하시는 선생님께 감사 인사드립니다. 선생님 덕에 제가 한 권의 책을 쓸 수 있게 되었습니다. 선생님 감사하고 사랑합니다.

상윤이의 중2 시절

1년간 책을 쓰는 과정이 마냥 쉽고 좋았던 건 아닌 것 같다. 처음 동아리를 정할 때도 책쓰기 동아리를 선택하는 것도 고민을 많이 했었다. 그리고 처음 만나서 주제를 정할 때도 삐걱거렸다. 내가 원하던 주제도 아니였고 책을 몇십 쪽씩 쓰는 그런 막연한 두려움 때문에 글이 잘 떠오르지 않았다.

언제는 글의 내용이 생각이 안 나서 골머리를 앓았던 적도 있고 단어가 생각이 안 나서 인터넷 사전을 뒤졌던 기억이 있다. 그래서 내 생각의 결과물을 글로 잘 써 내려가지 못하며 문법도 잘 안 맞고 글이 엉망진창이였다. 이때 나는 내가 읽던 책처럼 좋은 책을 쓸 수 없겠다 라는 생각도 들었다.

책을 쓸 때 가장 힘들었던 게 내가 지금 중2인데 중2에 대한 글감이 떠오르지 않는다는 것이였다. 그래서

인터넷에 중2에 대한 인식을 검색해봤다. 인터넷에는 '중2 때 질풍노도의 시기이기도하고 사고도 많이 친다'라는 내용이 있었다. 이것도 맞는 말이기는 하지만 내가 생각하는 중2의 모습과 달랐다.

그래서 '나였다면?'이라는 생각으로 글을 썼다. 그래서 내가 쓴 글이 일반적이지 못한 부분이 있을 수도 있다. 하지만 이를 바탕으로 나의 중2 시기에 대해서 깊이 생각하고 고뇌할 수 있었다.

중2때 보통 사춘기가 찾아오는데 '나는 뭘까?'라는 생각이 많이 들었다. 다른 사람의 장단점은 알기 쉬운데 나의 장단점을 찾기가 어렵기도 했다.

이런 식으로 글을 쓰다 보니 어느새 중2의 시기 때 나의 정체성을 찾아가고 정체성을 찾아갈수록 생각이 깊어지고 감정 변화가 많은 시기라고 생각이 바뀌었다.

책을 쓰며 여러 가지 고난이 있었지만 글을 마무리할 수 있어서 기쁘기도 했다. 이 책 덕분에 책을 쓰는 게 얼마나 어렵고 생각이 많이 해야 하는지 알고 나를 다시 한번 돌아보고 내 미래에 대해서 생각도 해봤다.

지금까지 1차원적인 행복 뿐만을 원했었는데 마이클 포터가 말한 것처럼 선택과 집중이 필요한 것 같다.

지금부터는 내 진로와 미래를 위해 1차원적인 행복을 포기하는 게 좋을 것같다.

예찬이의 중2 시절

동아리를 정할 때 처음에는 야구를 하고 싶었는데 문득 이런 생각이 들었다.

새로운 도전을 해볼까? 하며 말이다.

그래서 책쓰기 동아리에 들어가게 되었다.

처음에는 책쓰는 법을 몰라 피해가 가는 것은 아닌가? 이렇게 쓰는 건가하며 많은 혼란과 실망감이 있었다.

그런데 시간이 가면 갈수록 선생님이 조언을 해주시고 도와주셔서 점차 실력이 늘 수 있었다.

이 책의 주제인 중2를 생각해보니 많은 생각이 들었다. 이 책을 쓰기전 어릴때는 사춘기를 겪는 중2를 보며 나도 커서 저러면 어떡하지? 왜 저러는거지?라고 생각을하며 좋은 인식을 받지 못하겠구나 생각했다.

하지만 직접 겪으면서 생각이 바뀌었다.

나도 모르게 화가 나고 별거 아닌 거에 감정이 순식간에 바뀌는 것이다. 그러면서 선생님과 친구들과 사이가 멀어지며 악순환이 반복되는 것이다.

나처럼 스트레스를 혼자 끙끙 앓는 친구도 있을 것이고 자신의 방법으로 스트레스를 해소하는 친구도 있을 텐데, 이처럼 이 시기를 잘 이겨내는 친구가 되었으면 좋겠고 자신의 스트레스를 해소하기 자신과 친구들이 쓴 글을 읽으며 남은 중2 시기를 무사히 넘기면 좋겠다.

또한 추억을 남기고 싶다면 책을 써보아라. 아주 좋은 방법이라 생각한다. 부족한 점이 많았던 저에게 좋은 경험을 주신 선생님 감사합니다.

유찬이의 중2 시절

내가 책을 많이 읽는 편도 아니고, 내가 책을 써본 경험도 없었기 때문에 책을 쓸 때 어떻게 써야 할지 잘 몰랐기 때문에 많은 시간과 노력이 들었다. 처음에는 2~3시간이면 책을 다 쓸 줄 알았지만 직접 써보니 2~3시간 동안 책을 반 밖에 쓰지 못하였다.

인터넷에서 책에 쓸 내용을 찾아봐도 내 마음대로 나오지 않아 정말 짜증이 났었고, 다 써도 읽어보니 이상한 것 같아 다시 쓴 적도 있었다. 중간 검사 날에는 새벽까지 밤을 새면서 쓰기도 하였다. 이렇게 책은 잘 써지지 않고 시간만 많이 잡아먹어서 게임을 별로 하지도 못했기 때문에 스트레스를 많이 받아서 중간에 대충 쓰고 포기할까 생각하기도 하였다. 그래도 처음써보는 책이기 때문에 제대로 써보자며 다짐을 하며 책을 쓰다 보니 점점 속도가 붙었고, 잘 막히지 않으니 재미도 생겼다. 1년 동안 많은 시간과 노력을 들여 책을 완성하니 포기하지 않고 끝까지 쓴 내가 자랑스러웠다.

많은 사람들이 중2는 짜증과 화가 많아지고 성에 대한 관심이 많이 생긴다고 생각을 한다. 그리고 많은 곳에서 중2를 오글거리는 대사를 내뱉거나 우스꽝스럽게 표현하기도 한다. 하지만 책을 쓰면서 중2에 대한 내용을 조사하고 자세하게 알아보고 실제로 내가 중2가 되고 다른 중2들을 보니 내가 예전에 생각했던 중2는 거의 없었다. 사춘기가 와도 모두가 짜증 내고 화내는 것이 아닌 착한 사람도 있었기 때문에 사춘기가 오면 모두가 짜증만 내는 것이 아니라 사람마다 다르다는 것과 중2 시기는 주변 환경에 많이 영향을 받게 된다는 것을 깨달았다. 중2에서도 나쁜 사람은 그렇게 많지 않으니 중2가 나쁘다고만 생각하여 다른 중2까지 똑같이 보지않고 사람마다 성격은 다르다는 것을 깨닫고 좋게 봐주었으면 좋겠다는 생각이 들었다. 나중에 내가 어른이 되면 내가 중2였던 시절을 기억하고 중2들에게 잘 해줘야겠다는 생각이 들었다.

책쓰기를 하면서 책을 쓰는 작가들의 대단함과 창의력이 정말 대단하다는 것을 알게 되었고, 책을 쓰는 게 별로 오래 걸리지 않는다고 생각하였지만 짧게는 5개월에서 년 단위까지 걸린다는 것을 알았다. 그에 비해서 내가 쓴 시간은 굉장히 적었다. 하지만 나는 그 시간 동안에는 많이 노력하였고, 결과물도 나름 만족스러웠다. 비록 처음에는 힘들고 재미없었지만 점점 재미있어졌고 내 인생에서 정말 좋은 경험이 되었다.

경민이의 중2 시절

책쓰기의 시작은 국어 선생님의 말 한 마디로부터 시작되었습니다. 그때가 동아리 활동을 아직 정하기 전 학기 초였는데 국어 선생님께서 책쓰기 동아리 모집을 하고 다니셨습니다. 처음에는 할 생각이 없었습니다. 별로 재미없고 지루할 것 같다고 생각했기 때문입니다. 하지만 국어 선생님께서 "자기 이름으로 책을 낼 기회는 살면서 별로 없더라" 라는 이야기를 하셨는데 그때 제가 설득되어버렸죠. 그렇게 손을 들고 동아리 참가 신청을 하게 되었습니다.

처음 동아리 시간은 꽤나 좋았습니다. 앞으로의 계획 등을 선생님께서 설명해주셨습니다. 지금 그 계획을 떠올려 보니 실행 가능성이 굉장히 낮았던 계획이였습니다. 1학기 때 책쓰기를 다 끝내고 2학기 때는 남는 동아리 비로 여러 강사 분들을 초청해서 재밌게 노는 시간을 가진다 라는 계획이였습니다. 그리고 제가 이 계획이 불가능 할 것 같다 라고 판단했을 때는 책쓰기의 주제를 정할 때였습니다.

주제를 정한다. 좋죠. 주제가 있어야 목적이 있는 글을 쓸 수가 있으니까요. 하지만 주제가 없다면 아무 의미 없는 글을 쓸 뿐입니다. 그렇게 글의 방향성을 찾는 시간을 보내다 보니 주제를 정하는 게 꽤 힘들었습니다. 주제를 정하기 못했기 때문에 글을 쓰지 못했고요. 시간을 낭비 했습니다. 그래도 어찌어찌 선생님께서 저희가 쓴 글인 중2에 대한 자신의 생각을 표현 해보기 라는 주제로 정해 주셨습니다.

큰 틀이 중2에 대한 자신의 생각을 표현하는 것으로 정해졌고 그 중에서도 여러 세부 주제들로 나눠졌습니다. 제가 중2 시기를 생각 하며, 여러 파트를 나누면서 든 생각이 저의 생각과는 다른 세부 주제들이 나왔다는 것 입니다. 중2는 왜 이런 행동을 할까. 왜 이런 말을 할까. 왜 다른 사람들에게 이해받지 못할까 라는 주제들을 생각 했습니다. 그런데 의외로 중2의 고민 해결, 중2의 취미 생활, 중2 인터뷰 같은 주제들이 나왔습니다. 저는 앞서 이야기 한 것 말고는 중2에 대한 제 생각이 별로 없었습니다. 중2에 대해서 사회가 가지고 있는 부정적인 생각에 저의 생각까지 물들어 버렸다는 것입니다. 그래도 지금 중2 생활의 막바지를 달리다 보니 사회가 가지는 중2의 시선이 조금 어긋나있다는 생각이 듭니다. 중2도 별 다를 게 없는데 말이죠. 중2에서도 착한 사람은 착하고 나쁜 사람은 나쁘고 말을 예쁘게 하는 사람은 말을 예쁘게 합니다. 그런데 그 일부의 중2들을 보고 중2에 대한 시선을 고정해버리면 저희 입장에서는 굉장히 슬픕니다. 다른 시기들과 다를 게 없으니까요. 다만 사춘기로 인해서 조금 예민해 질 뿐입니다. 이 부분은 모두가 알아주셨으면 합니다.

아무튼, 주제를 정하고 인원수를 나누는 시간은 꽤나 순조롭게 진행되었습니다. 그렇게 드디어 저는 사춘기의 고민 타파라는 파트를 담당했게 되었으며 본격적으로 글을 쓰기 시작했습니다.

사춘기의 고민 타파 파트를 담당하면서 꽤 어려움이 있었습니다. 제가 겪는 고민을 생각 해보다가 이 고민을 다른 중학교 2학년도 겪을까 하는 생각이 들었고 고민을 정해도 그 고민을 타파하는 저만의 방법이 정말로 사용하기 좋은 방법인지 생각을 많이 했습니다. 생각을 하다가 인터넷에 검색도 해봤지만 검색 결과로 나오는 방법은 대부분 누구나 다 알지만 실천을 하려고 하면 막상 안되는 그런 일반적인 방법들 뿐이여서 저는 이런 일반적인 방법들을 소개 하고 싶지는 않다고 생각했습니다. 그렇게 고민을 타파하는데 있어서 실제 청소년에게 도움이 될 방법을 생각하며 글을 쓰려고 했습니다. 하지만 그렇게 글을 쓰다 보니까 내용이 반복 되어버리더군요. 심지어 제가 전하고 싶은 생각을 다른 사람들이 이 글을 읽고서 알 수나 있을까 하는 수준까지 도달해버렸습니다. 그전까지 책쓰기는 그냥 문장과 문장을 나열하면 어떻게든 되겠지 라는 생각을 가지고 있었습니다. 하지만 직접 써보니까 확실하게 어려웠습니다. 작가들이 존경스러워 질 정도로요. 그래서 저는 제가 쓴 글을 갈아엎었습니다.

갈아엎고 난 후에는 글을 쓸 의욕이 떨어져서 나몰라라 하고 글쓰기를 내팽겨 쳐버렸습니다. 그런 식으로 미루고 미루다 보니 어느샌가 원고 제출일이 코 앞까지 와버렸고 제가 직접 쓴 파트도 원고 제출일 몇일 전날에 제출 해 버렸습니다. 결국 원고 제출 할 때는 못 들어가고 책이 최종 출판 될 때 이 후기와 함께 들어갈 것 같습니다.

저는 이 상황이 제가 나태하기 때문에 벌어진 일이라고 생각합니다. 책쓰기 활동의 문제 뿐만이 아니라 이 문제는 저의 현시점까지 이어집니다. 일상 생활에서도 게을러서, 귀찮아서, 지루해서 라는 이유로 제가 해야 할 일들을 안 하고 있는 중 입니다. 지금 이 후기를 적는 것도 후기를 제출하는 날의 바로 전날 밤이고요. 그래도 이번 책쓰기 활동을 통해서 평소에 제 자신이 얼마나 시간을 무의미하게 낭비하고 있었는지 돌아 볼 수 있었던 계기가 되었습니다. 이 기회를 토대로 앞으로의 저 자신이 좀 더 근면해지길 바라고 있습니다.

미래의 제가 이 글을 본다면 무슨 생각을 할까요. 이때의 나는 정말 게을렀었지 라고 생각할까요. 아니면 중2병 감성에 손발이 오그라들며 이건 흑역사다 라고 생각하면서 책을 다시 책장 깊은 곳에 묻어 놓을까요. 물론 중학교 2학년이 이 정도 글을 쓴 거면 나쁘지 않다고 생각 할 수도 있겠죠. 지금도 저는 중학생 2학년이 이 정도의 글을 쓴 거라면 꽤 나쁘지 않다고 생각합니다. 당연히 살짝 아쉽긴 하지만요.

여러 반응이 나올 수 있겠지만 저는 그중에서도 이때의 나는 정말 게을렀었지 라는 반응을 원합니다. 지금의 저를 게을렀다고 평

가하는건 미래의 제가 그만큼 성실하게 살아가기 위해서 노력한다
는 뜻일태니까요. 그런 반응을 위해서라도 언젠가 미래의 저에게
도달하게 될 현재의 저에게 좀 더 신경쓰며 제 자신을 발전해 나가
고 싶다고 생각합니다.

상진이의 중2 시절

나는 책쓰기 동아리를 솔직히 선생님이 "책쓰기 동아리에 들어올 사람?" 했을 때는 그렇게 하고 싶지는 않았는데 선생님이 간식도 준다고 하고 다른 친구들이 손을 들길래 뭔가 손을 안들면 후회할 것 같아서 손을 들고 동아리에 들어왔었다.

동아리에 들어오니 "와 내가 책을 쓴다고? 책은 어떻게 쓰는 거지?" 등의 느낌이 들었고, 글쓰기의 주제를 과정에서 열심히 임했다. 하지만 친구들이 원하는 주제도 각각 다르고 나도 원하던 주제가 있었는데 결국 주제는 중2에 대한 것으로 결정 되었다. 원하는 것이 아니어서 조금 아쉽긴 했지만 이미 결정되었으니 열심히 활동에 임했다.

그리고 모둠을 정해서 간단하게 내용을 구성했는데 친구들이 되게 빠르게 글을 이어나가는 것이다. 나는 도저히 글을 시작하기가 힘들었다. 하지만 친구들이 어떻게 시작한 지 보고 나서는 쭉쭉 글을 써 갔다. 나는 시작은 늦지만 시작을 하면 글을 이어나가는 것은 조금 되나보다. 그렇게 많은 우여곡절 끝에 칙을 다 썼다. 그리고 선생님이 마지막으로 소감? 같은 것을 쓰라고 하셔서 써는데 선생님이 내가 쓴 것이 가장 선생님이 원하는 방식과 비슷하다고 해서 기뻤다.

나는 초등학교 때 "중2병"이라는 말을 접했다. 중2병이 뭔지를 들어보면 "내 오른손에 흑염룡이 잠들어있다." 같은 오글오글 거리는 말을 쓰고 뭔가 정신이 이상해지고 나쁜 짓을 하고 다닐 것 같은 느낌이고 중2병이라는 말이 들리면 꺼리는 느낌이 많이 들었다. 그래서 중학생들을 보기만 하면 무서워서 피하고 다니긴 했지만 형과 아는 형들이 재밌게 지내는 것을 보고 중2병이 나쁜 것이 아닌가 하는 생각이 조금씩 들기도 했다. 많은 사람들이 나와 비슷한 생각들을 했을 것이다.

하지만 책을 쓰면서 나는 중2에 대한 생각이 바뀌었다. 나와 친구들의 생활과 어떤 생각을 하고 행동하는지를 생각하면서 책을 쓰니 중2에 대해 상각할 수 있는 시간이 되기도 했고 막상 내가 중2가 되고 중2병이라는 소리를 들으니 나는 잘못한 게 없는데 사춘기 때문에 그냥 예민한 것 뿐인데 그러니 기분이 안 좋았다. 그러니 다욱 같은 처지(?)인 친구에게 기댈 수 밖에 없는 것 같기도 하였다. 이렇게 가만 생각해 보면 중2병과 사춘기가 비슷하거나 아니면 같은 것일지도 모른다는 생각이 들었다.

책을 읽는 것도 잘 하지 않는 난생처음 책쓰기라는 것을 해 보았다. 처음에는 책쓰기라는 것이 어떻게 하는 것인지도 잘 몰랐고 많은 시행착오들을 겪으면서 힘들었다. 하지만 친구들과 같이, 또 선생님이 잘 가르쳐 주셔서 겨우 할 수 있었던 것 같다. 나는 내가 쓴 책이 잘 썼다고 생각하지 않는다. 잘 썼다는 것이 사실인 것도 아니고. 그래도 나는 열심히 했으니 괜찮은 것 같다.

우진이의 중2 시절

1년간 나의 중2 시작부터 끝까지 내용을 책으로 써내어 봤을 때 처음에는 이런 생각이 가장 먼저 들었던 것 같다. 이 책을 써서 어떤점이 나에게 좋아지는가, 이책을 어떻게 써야할까, 나의 1년에 대해 쓴다면 어떤 인상 깊은 일을 떠올리며 써야 할까, 등 많은 생각이 있었다. 어쩌면 같이 이 책을 썼던 친구들과 있었던 재미있는 일들을 쓰는 것도 좋을 것 같았다. 생각은 많았지만 생각 그대로의 글을 써내는 것은 나에게 어려웠다. 이책에서 나는 나의 중2 시절을 떠올리며 인간관계와 관련된 글을 써내갔다. 이글을 쓰고 나는 나 자신이 친구와 잘 어울리지 못하는 것을 알게 되었다.

그리고 이러한 문제를 해결하기 위한 글을 조금씩 쓸 수 있었다. 나는 이러한 글쓰는 과정에서 새롭게 알게 되었다. "나는 이 글을 써가며 내 문제를 해결하고 다른 중2 학생들 에게도 이러한 문제점의 해결방안을 재시할 수 있구나" 이러한 생각이 지금 내가 쓰고있던 글을 더 잘 쓰도록 도와줬던 것 같다. 이 글을 쓰면서 나는 이 책으로 다른 누군가와 대화하는 것 처럼 느꼈다.

만약 대화하는 상대가 내 또래라면 나는 그들에게 내가 겪었던 문제를 해결할 수 있도록 조언을 해주게 되는 것이고 만약 상대가 어른이라면 중2가 됐을 때는 인간관계 형성의 중요성을 느끼게 되는 좋은 발달 과정이라고 생각할 수 있을 것이다. 나는 위의 글처럼 중2는 조금씩 어른답게 성숙해지는 정말 좋은 과정이라고 생각한다.

중2 때 자신이 어떤 행동을 했었고 앞으로 어떤 행동을 하게 되어도 그것은 당신이 지금의 어른 앞으로의 어른이 될 수 있는 정말 중요한 과정 이 될 것이다. 그러니 중2에 대해서 진지하게 생각하며 과거를, 현재를 부끄럽게 생각하지 말자 이 글을 쓰면서 정말 좋은 경험을 많이 할 수 있었다.

작가를 만나고 그분들과의 대화와 질문을 통해 영감을 얻을 수 있었다.

이번 글쓰기는 중2의 내 추억을 남겨놓을 수 있어서 정말 재미있고 보람찬 활동이었다.

영기의 중2 시절

나는 처음에는 글을 쓴다는 것에는 관심이 없었다. 난 모바일 게임과 유튜브와 SNS 등을 좋아했다. 왜냐하면 재미있고 자극적인 영상들은 짧고 웃기고 빠르게 볼 수 있어서 재미있다. 나는 책과 글을 보는 것, 쓰는 것을 좋아하지 않는다. 내가 글을 쓴다는 것은 정말 이상하다고 생각했었다. 글을 쓴다는 것은 정말로 지루한 것이다. 같은 자리에서 계속 앉아서 펜을 들고 같은 자세로 있는 것은 나를 정말 힘들게 하는 것이다.

나는 엄청 활동적이라서 잠시라도 앉아있으면 정말 지루하다 앉아있는 것이 싫었다.

학교에서 책쓰기 동아리가 나왔을 때 호기심 때문에 책쓰기 동아리에 들어가게 되었다. 처음에서 관심과 흥미가 없었다.

항상 듣는 둥 마는 둥 항상 자리만 나와서 앉아있다가 가는 것이였다. 그런데 책의 주제를 정하다 보니 조금씩 관심과 흥미가 생기기 시작하였다.

왜냐하면 주제가 우리의 이야기를 담은 책이라서 더욱 와닿은 것 같았다. 그리고 나의 바뀐 태도를 발견할 수 있었다. 책을 찾아보고, 책의 표지를 자세히 보고, 책을 사거나 책에 관심과 흥미가 생긴 것이였다.

책을 읽으면서 난 더욱 흥미를 가지게 되었다. 책이 읽을수록 재밌어졌다. 책을 읽는 것에 흥미가 많이 생겨난 것이다.

내 생애 처음으로 책을 구입하게 되었다.

구입한 책을 잃으면서 1년간 배운 것들이 생각이 났다. 책의 주제가 있고 주제가 무엇인지 생각해보기도 하고 그리고 나도 쓸 수 있다는 작은 용기가 생겼다. 처음에는 책을 쓰는 것은 엄두도 못 내었다. 그런데 이제는 나에게도 책을 쓸 수 있는 자신감이 생겼다. 나도 언젠가는 내 얘기를 담은 책을 직접 쓰고 싶다.

주변 어른들, 선생님들은 우리들을 바라보는 시선, 인식이 좋지 않은 것 같다.

예를 들자면 중2병 질풍노도의 시기가 있다. 중2병이란 사춘기를 비하하는 말이다. 질풍노도의 시기란 바람과 화난 파도처럼 변화가 심하고 불안한 시기임을 나타내는 표현이다.

주변에서는 예의를 없다고 보거나 예의가 없다고 말하는 경우가 있다. 또 어른들과 선생님들은 중2가 공부를 하지않고 게임만 한다고 생각하고 어른이 되어서 사회에 나가서 무엇이 될건지 자주 묻는다.

그렇지만, 나의 생각은 다르다 중2들은 시험을 준비한다고 시험공부를 위해서 밤을 새우거나 잠을 못 자서 얼마나 피곤한지 모르신다. 주말에는 밖에나가서 뛰어 놀고 싶지만 시험준비를 해야 해서 그렇게 하지 못했다. 또 피곤하고 지쳐있는 생활 때문에 신경이 예민해진 상태인데 어른들과 선생님들은 잔소리를 하신다.

어른들은 자기 말만 하고 우리의 말은 듣지 않으시고 가시면 정말 화가 나고 짜증이 난다. 중2들은 시험 때문에 마음이 힘들고 신경이 쓰인다 해서 어른들과 선생님들과 얘기를 할 때 친절하게 대화하지 못한다. 그런데 어른들과 선생님들은 예의가 없다고 잔소리만 하신다. 또 어른들과 선생님들은 중2가 공부를 하지 않고 게임만 자주 한다고 하시는데 그러나 매일 아침 일찍 일어나 학교에 가서 오후 2~3시까지 책상에 앉아서 공부를 한다. 그래서 학교가 끝나면 조금 게임을 할 뿐인데 그것을 또 차단을 하신다.

우리 중2들도 정말 힘든데 자기 나름대로 꿈과 목표가 있다. 아직 하고 싶은 것들이 많다. 공부 때문에 많이 지쳐있는 상태이기 때문에 따뜻하고 친절하게 대해줬으면 좋겠다. 그런 말 하나가 정말 소중하다.

어른들이 우린 게임만 하는 것이 아니라 친구와 우정을 쌓고 더욱 돈독해지고 스트레스를 푼다고 생각해주시면 좋겠다.

미래에 대해서 이야기를 하기도 한다.

주변 어른들은 지금 중2들이 표현을 안 할 뿐 미래에 대해 생각하고 고민하고 있다는것을 알아줬으면 좋겠다. 중2란 시기에 책을 쓰면서 내자신과 친구들에 대해서 생각해 보게 되었다. 나는 내자신이 정말 자랑스러웠다. 왜냐하면 내가 책을 쓴다고 전혀 생각을 못했는데 지금은 책을 쓰고 싶은 욕심이 생겼다.

나도 꾸준히 노력하고 배우면 뭔가 이루어 낼수있었다는 자신감이 생겼다. 내가 아무생각도 하지않고 아무것도 하지않았다면 이루어 낼수없었을 것이다. 그러나 지금은 나도 할수있다 해보자라는 생각이 먼저 든다. 처음엔 모든지 모르고 어렵고, 무섭고, 두려웠던 것들이 조금씩 꾸준히 배운 대로 연습하다 보면 뭔가 성취할 수 있단 걸 알게 되었다. 책쓰기 뿐만 아니라 다른것에도 도전을 두려워하지 않고 도전할 수 있는 자신감이 생겼다.

내가 중2가 되어가는 중이에요 라는 이 책을 쓰면서 나는 내가 조금이나마 성장했다고 생각하게 되었다.

내가 지금 보내고 있는 중2의 시간들은 진지하게 생각해보게 되었다.

게임만 하고 친구랑 노는 것들이 어른들에게 안 좋게 보일 수 있다는 것을 알게 되었다. 그러나, 나 또한 나의 감정들을 제대로 전달하지 못한 것 같다.

그래서 이제는 어른들과 선생님들이랑 대화를 할 때 내 감정과 기분을 표현 해야겠다. 이제는 어른들과 선생님들에게 감정을 나타내야겠다.

책을 쓰는 것처럼 어떤 일을 시작하는 것에 두려워하지 않고 매일 꾸준히 내가 목표한 것을 계획하고 이루어 가면서 멋진 어른으로 성장해 가고싶다.

주용의 중2 시절

나의 중2는 고요했다. 큰 사건도 큰 사고도 일어나지 않고, 흔히 말하는 중2병이라는 큰 변화도 겪지 않고 지나온 한해인 것 같다. 다만, 전혀 계획에 없던 단 하나의 변화는 책쓰기이다. 책을 읽는 것도, 글을 쓰는 것도 싫어하던 나는 동아리 신청 때 담당 선생님이 좋다는 이유 하나로 책쓰기 동아리를 선택했다. 진짜 책을 쓰게 될 줄은 모르고서 말이다. 글을 커녕 말 한마디 만드는 것이 어렵던 나는 선생님을 곤란하게 만든 적이 한두 번이 아니었다. 원고 제출 시기를 맞추지 않는다거나, 모둠 토의에서 말을 꺼내지 않는다거나 하는 등 지금 생각해보면 선생님도 정말 힘들었을 것 같다. 그런데 내가 쓴 글이, 우리가 쓴 책이 완성되다니. 믿기지 않았다.

글을 쓰면서 나의 중2에 대해서 생각해보았다. 천진난만하고 인생이 즐거운 줄만 알았던 중2는 생각보다 고민이 많다는 걸 알았고, 고요한 듯 많은 생각을 가졌다. 말 수는 줄어들었고, 그 어느 때보다 조용한 학생이 되었지만, 머릿속에 들이치는 생각은 거친 파도 같았다. 마주치는 모든 것이 새로웠다. 공부는 왜 해야만 하지, 꿈은 왜 가져야 하지, 내가 지금 지키는 규칙과 법은 왜 필요한 것인지, 나는 왜 사람으로 태어났을까 등 이전까지는 당연하던 것들이 하나부터 열까지 모두 내 머리를 어지럽혔다. 생각에 잠겨 말을 하지 않으면 말하지 않는 것으로 다른 사람들의 미움을 사고, 고민 들을 털어놓으면 그런 것을 왜 걱정하는지에 대해서 잔소리를 듣 는다. 나의 생각을 이해하지 못하는 사람들 사이에서 내가 이상한 줄 알았다. 하지만, 글을 쓰며 느낀 중2는 이상한 사람이 아니었다. 하나같이 각자의 고민을 가진 나와 같은 아이들이었고, 그 고민은 세상의 질타와 저항을 받았다. 학업, 진로, 친구 관계, 부모님과의 갈등은 내 또래 친구들 모두가 겪는 고민이었다. 이로부터 우리의 나이, 사춘기는 이 전의 시기와 많이 다른 시기이며 큰 변화를 겪는 시기임을 알 수 있었다.

그렇다고, 중2인 우리의 모든 행동이 이해받을 수 있는 것은 아 니라고 생각한다. 잘못된 생각, 행동들 그리고 성숙하지 못한 태도 는 분명히 존재한다. 우리를 받아주지 못하는 어른들에 대한 반항 심, 불손한 태도, 그로 인해 생겨난 오해는 우리를 '중2병'이라는 말 로 묶어두며 '시기적 문제'를 만들었다.

그래서, 책을 쓰며 나는 반론을 내어놓기 시작했다. 나에 대한, 우리에 대한 변명이 아닌 변호를 하고싶었다. 내 글이 얼마나 힘이 닿을지는 모르겠지만, 힘닿는데 까지 우리를 이해해달라 말하고 싶 었다. 부족한 글이나마, 이 책을 통해서 우리를 알아줄 수 있는 사 람이 한 사람이나마 늘 수 있다면. 나의 한해가, 나의 중2가 성공적 인 한해가 아닐까 하는 생각이 들었다.

언젠가 담임 선생님이면서, 책쓰기 동아리 선생님이신 김준성 선생님께서 말씀하셨다.

"학업이 모든 것을 결정하는 것은 아니지만, 공부하지 않고 반열에 오를 수 있는 일은 없다."

"무엇을 하든지, 하고픈 새로운 일을 하기 위한 연습이 학교생활이며, 학교에서 하는 공부야"

"공부하기 싫은 마음을 이해하면서도 너희에게 공부하기를 권하는 이유라면, 너를 성적이라는 잣대로, 숫자로 평가하기 위함이 아니라, 네가 앉아 너만의 무언가를 이뤄내기 위한 연습의 시간이 될 수 있을 것이다."

선생님의 말씀이 어떤 의미인지 사실 아직 다 이해하지는 못했다. 내 꿈 또한 여전히 명확하지 않다. 하지만, 이제 이 시기를 낭비하는 것을 반성하고 진로에 대한 고민과, 내가 하고 싶은 일에 대한 공부를 할 것이다.

선생님의
중2 시절

까마득한 기억이다. 지나가지 않을 것 같던 중2 생활은 어느덧 10년도 더 지난 과거의 일이 되었다. 아이들과 책을 쓰기 위해 대화를 나눈 시간은 마치 시간여행 같았다. 시간이 흐르고 많은 것들이 변했지만, 그들의 생각과 고민은 낯설지 않았다.

아이들과 이야기를 나눈 뒤 좀 더 구체적인 기억을 더듬어보고자 집으로 돌아와 일기장을 펼쳤다.

'내가 반장인데 아이들이 내 말을 들어주지 않는다. 선생님이 시키신 일을 하기 어렵다.'

15세의 나는 교우관계에 대한 고민이 한창이었다. 친구들의 멋진 리더가 되고 싶었을 아이의 귀여운 한탄. 남중에 재학 중이던 당시의 나는 친구를 사귀는 일이 항상 어려웠다. 언제나 활발한 친구들과 어울리며, 사교적인 사람인 듯 살아왔지만 사실 내가 소심한 사람이었다는 사실은 그 당시의 나도 잘 알고 있던 사실이다. 자신감 넘치는 듯 반장 선거에 나가고, 학교에서 행해지는 많은 대회와 행사에 선뜻 나가곤 했지만 그런 행동을 하기까지는 100번도 넘게 고민을 했다.

'다른 친구들은 온종일 게임하고 캐릭터 레벨을 올리는데, 나는 하루 두 시간 컴퓨터도 어머니 몰래 한다. 친구들보다 내가 성적도 좋은데 누나가 공부를 너무 잘해서 항상 나는 어머니 눈치만 본다.'

요즘의 아이들과 즐기는 게임의 종류는 다르지만, 당시에도 컴퓨터 게임은 중학교 2학년 친구들 사이에서 빠질 수 없는 놀이 중 하나였던가 보다. 성인이 되어가는 과정에서 자연스레 일상에 치여 게임을 멀리하게 되었지만, 나 또한 아이들과 같이 짧은 게임 시간의 단맛을 갈망하던 시절이 있었다. 어릴 적부터 학업이면 학업 예체능이면 예체능 어느 하나 빠지는 것 없이 우수한 성적을 거두던 누나와 어머니의 학구적 관심으로 자연스럽게 학업과 성적에 욕심이 있던 아이였고, 덕분에 공부를 못하는 편에 들었던 적은 없었으나 그렇다고 공부가 게임보다 즐거웠던 적은 없었다. 게임에 있어서 더 좋은 실력을 갖고 싶었고, 친구들에 비해서 준수한 성적을 받고 있으니 더 많은 게임 시간을 보장받고 싶다는 욕구는 언제나 충만했다. 하지만 게임이 불러오는 중독성을 미성숙한 청소년 시절의 내가 절제할 수 있는 선을 넘어섰고, 장시간 게임 이용은 언제나 부모님의 분노를 유발하곤 했다.

선생님의 반성과 사과

일기장을 덮었다. 차마 말하지 못한 나의 어린 시절이 가득 담긴 일기를 읽고는 한참을 고민에 빠져들었다. 십수 년의 시간이 지났다. 아이들의 생활과 문화도 변했다. 그들이 노는 장소와 즐기는 게임도 달라졌으며, 부모님들의 인식과 자녀 교육에 대한 정보의 폭이 과거에 비해 넓어졌음에도, 아이들의 생각과 고민은 바뀌지 않았다. 청소년기 아이들은 많은 변화를 맞이한다. 2차 성징이라는 신체적 변화와 더불어 심적인 면에서도 많은 것들이 변화한다. 당연한 듯 느끼며 살아오던 세상의 모든 것들에 의문을 갖고 회의하기 시작하며, 자신의 자아에 대한 정체성을 찾아 탐구하기 시작한다. 모든 사건과 현상에 '왜?'라는 물음을 달기 시작하며 자신의 자아와 세계에 대한 이해를 찾아간다. 일기장 속의 나도 다를 바 없었다. 곧잘 따르던 부모님의 말씀도 하나하나 '왜?'라는 의문을 달기 시작했고, 친구들의 평소와 같은 행동에도 '왜?'라는 의문을 달기 시작했다. 답을 원했고, 변화를 받아들이기에 충분한 시간이 필요했다. 하지만, 이 같은 시기적 고착은 어른들의 이해를 받지 못했다.

그리고 지금의 나 또한 아이들을 외면하고 있었음을 알 수 있었다.

'안돼, 하지 마, 조용해' 올 한해 아이들에게 가장 많이 한 말이다. 스스로 아이들을 이해하고 공감하려 노력하고 있다 생각하면서도 그들을 다 아는 양 행동하고 다스리려했다. 왜 안 되는지, 왜 해서는 안되는지, 왜 조용히 해야 하는지 설명하지 않은 체 아이들이 말을 듣지 않는 것이라고만 생각했다. 말을 듣지 않는 것은 당연하다. 스스로의 판단과 주체성을 성립해가는 아이들에게 그들이 내민 '왜?'라는 질문에 답하지 않았기 때문이다. 나에게 그리고 어른들에게 당연한 행동이 아이들에겐 당연하지 않다. 지금의 나는 친구들의 사소한 말 한마디에 상처 입지 않으며, 사람들 앞에 나서는 일을 즐거워하지만, 그때의 나는 그렇지 않았다. 지금은 수년을 컴퓨터 게임을 하지 않고 살아도 아쉬운 마음이 들지 않지만 어린 시절의 나는 그렇지 않았다. 중학교 시절 관계에 대한 고민과 학업과 취미 사이에서 오는 고민은 하나의 당연한 생각임에도 그 시절을 똑같이 지내온 나는 그들을 이해해 주지 못하고 있었다. 그들의 물음에 대답해주지 않았다. 어른이라는 이유로, 그들의 저항이 나도 겪은 고민이 아니라 시기적 저항이라는 오만한 생각을 하며 의도하지 않았으나 아이들을 통제하고자 한 실수를 범했다.

아이들이 미숙한 것은 당연하다. 그러나 미숙함은 잘못이 아니다. 질책이 아닌 지도가 필요하다. 천천히 설명하고 알려주면 미숙함은 성숙함으로 채워진다.

잘못은 채워지지 못한 아이들이 저지른 것이 아니라, 오만함이 가득한 나의 인식이 아니었을까.

'너희의 말을 들어주지 못해 미안하다. 중2병이라는 아픈 명칭을 붙여버린 어른이라 미안하다.'

Epilogue

높은 탑을 오르기 위해서는, 낮은 계단을 밟아야 합니다. 저 높은 탑을 언제 오를까 하는 고민은 첫 계단의 디딤을 지체하게 합니다. 우리들 또한 마찬가지입니다. 한 권의 베스트셀러를 쓰기 위해서는 한 장의 원고를 써야 합니다. 하루 이틀 고민 끝에 써 내려간 한 장, 한 장의 원고가 어느덧 100여 쪽이 모였습니다. 베스트셀러나 스테디셀러는 아닙니다. 단 한 사람의 공감도 얻지 못하는 끄적임일 수 있습니다. 하지만 한 장, 한 장 아이들의 생각이 묻어납니다. 더 좋은 책을 쓸 수 있을 것이라는 자신감이 생겼습니다. 누군가는 두려워서 하지 않던 시작을 우리 아이들이 해냈습니다. 여전히 한 문장의 마침표 하나 찍기가 어려운 아이들이지만, 아이들은 두려워하지 않습니다. 책이 좋아 모였으며, 한 권의 책을 써냈으니까요.

변한 것은 아이들만이 아니었습니다. 책 한 번 써보지 않은 교사가 어떻게 아이들에게 책쓰기를 가르칠까 고민하던 시작과는 달리 아이들의 글로부터 그들의 생각을 읽을 수 있는 것만으로도 행복한 일이란 것을 알게 되었으니까요. 잘 쓰고 멋있게 쓰는 것만이 가르침은 아니었나 봅니다. 자신들이 쓴 책을 들고 행복하게 웃는 아이들의 모습을 보니 말입니다. 저에게도 첫 책인 이 책이 끝이 아니길 바랍니다. 아이들과 함께 쓰는 이 책으로부터, 저의 책이 시작이길 바랍니다. 행복과 자신감밖에 줄 수 없었던 교사에서 행복과 자신감, 훌륭한 글쓰기 능력도 심어줄 수 있는 교사로 발돋움하고 싶다는 욕심이 생겼습니다. 이 책을 쓸 수 있는 기회를 주신 경구 중학교와 함께해 준 아이들에게 감사를 표하며, 우리 아이들의 글이, 목소리가, 보다 많은 사람들의 마음에 닿을 수 있는 날이 오기를 기원합니다. 읽어주신 모든 분들께 감사합니다.

미래별 저서 『중2가 되어가는 중이에요』를 마치며
지도교사 김준성

김연호 혼자서는 한 글자 써 내려가기도 힘들었습니다. 하지만 함께 머리 맞대어 의견을 나눌 수 있는 친구들 덕분에 제 이름이 담긴 책을 완성할 수 있었습니다.

신영기 올 한 해 가장 뿌듯한 일이 아닐까 싶습니다. 제 이름을 남긴 책이 세상에 기억되진 못할지라도 경구중학교에서는 남아 기억될 수 있을 테니까요.

이승준 저의 2021년이 경구중학교 서적으로 보관될 수 있다는 것이 너무 뿌듯합니다. 나중에는 저 혼자만의 힘으로도 책을 쓸 수 있는 멋있는 작가가 되고 싶습니다.

김상진 작가로서의 삶을 살아가지는 않겠지만, 내 말을 할 수 있는 능력은 누구나 필요하다고 생각하고, 저는 제 이야기를 말 할 수 있는 사람이 되었습니다.

차경민 진짜 힘들었지만, 올해 한 선택 중 가장 잘한 선택입니다.

남우진 저희 스스로의 이야기를 쓰게 된 덕분에 스스로에 대해서도 다시 한번 돌아 볼 수 있는 기회였던 것 같아요.

김도윤 2021년이 되기 전까지 공책 한 쪽 채우는 분량의 글쓰기도 어려워하던 제가 책을 쓰게 될 줄은 몰랐습니다. 무엇이든 해보기 전까진 할 수 없다는 생각을 하지 않아야겠습니다.

김성윤 글을 쓰며 작가들의 고뇌를 알 수 있었습니다. 책을 보다 소중히 깊게 읽어야겠다는 생각이 들었습니다.

이상윤 읽기만 할 때보다 책이 더 좋아질 수 있었습니다. 도와주신 많은 선생님들께 감사합니다.

이상건 두서없는 글이지만 한 권의 책을 완성했다는 사실이 너무 기쁩니다.

추유찬 일 년이 너무 짧았습니다. 조금 더 시간이 주어진다면 더 멋진 글을 써보고 싶습니다.

최주용 많은 것을 배우고 많은 것을 느낄 수 있는 시간이었습니다.

이예찬 스스로의 글에 대한 부족함을 많이 느꼈습니다. 그러면서도 부족함은 노력으로 채워나갈 수 있다는 것 또한 배웠습니다.

발행일 2022년 2월 18일
지은이 경구중학교 미래별
엮은이 김준성
펴낸곳 매일신문사
　　　　　大구광역시 중구 서성로 20
　　　　　053-251-1421~3

값 15,000원
ISBN 979-11-90740-16-6

본 책은 저작권법에 의하여 보호를 받는 저작물이므로 무단 전재와 복제를 금합니다.